许地山

爱我于离别之后

许地山 著

浙江文艺出版社
Zhejiang Literature & Art Publishing House

图书在版编目(CIP)数据

许地山：爱我于离别之后/许地山著.—杭州：浙江文艺出版社，2024.4
ISBN 978-7-5339-7486-2

Ⅰ.①许… Ⅱ.①许… Ⅲ.①散文集—中国—当代 Ⅳ.①I267

中国国家版本馆CIP数据核字(2024)第020454号

统　　筹	王晓乐	封面设计	广　岛
责任编辑	詹雯婷	封面插画	Stano
责任校对	唐　娇	营销编辑	张恩惠
责任印制	张丽敏	数字编辑	姜梦冉　诸婧琦

许地山：爱我于离别之后

许地山　著

出版发行	浙江文艺出版社
地　　址	杭州市体育场路347号
邮　　编	310006
电　　话	0571-85176953（总编办） 0571-85152727（市场部）
制　　版	杭州天一图文制作有限公司
印　　刷	杭州丰源印刷有限公司
开　　本	880毫米×1230毫米　1/32
字　　数	124千字
印　　张	7.375
插　　页	1
版　　次	2024年4月第1版
印　　次	2024年4月第1次印刷
书　　号	ISBN 978-7-5339-7486-2
定　　价	39.80元

版权所有　侵权必究

出版说明

自五四新文化运动以来，中国文学面目一新。在中西方文化的碰撞与融合中，小说、诗歌、戏剧等文学形式完成蜕变与新生，而散文以其自由自在的天性，踵事增华，其成果蔚为大观。

郁达夫认为，较之古代的"文"，现代中国散文有三点特异之处，即"'个人'的发见""内容范围的扩大""人性，社会性，与大自然的调和"（《中国新文学大系·散文二集·导言》）。散文家们兼收并蓄，将万事万物融于一心，"以我手写我口"，取径不同，或叙事、抒情、议论，或写人、描景、状物；风格各异，或蕴藉、洗练、飞扬，或磅礴、绮丽、缜密。就应用而言，以学识、阅历、心境为核心的小品文，以小见大，言近旨远，张扬个人性情；以观察、讽刺、同情为底色的杂文，见微知著，刚柔相济，召唤战斗精神……种种流派，非止一端。

为了给当代读者提供一套选目得当、编校精良的散文选本，我们推出"名家散文"系列，从灿若星辰的中国现代散文家中遴选出一批作者，精选其散文创作中的经典作品，结集成册，以飨读者，或可视作对百年现代中国散文的一次阶段性回顾与总结。我们相信，尽管这些作品产生的背景千差万别，但其呈现的智识与感性、追求与希冀，是跨越时空而能与读者共鸣的。我们也相信，经典之所以为经典，因其经得起时间的汰洗，这里的文章，初读，是迎面撞上万千世界，吉光片羽，亦足珍惜；再读，则是与无数智者的重逢，向内发现自己，向外发现众生。

文学的历史同时也是一部语言文字的历史，而汉语的标准化也随着时间的推移不断地演变、更新。五四白话文运动以来，文学语言流动而多变，呈现出丰富和复杂的样貌。文字、词汇、语法的繁芜丛杂背后，是思想文化的多元与活跃，也是作家不同审美取向和个人风格的展现。因此，我们在编辑过程中尽量尊重文章原刊或初版时的面貌，使读者能够感受到语言的时代特色，比如"的""地""底"共存的现象。同时，考虑到读者尤其是学生的阅读需求，我们按当下的规范做了有限度的修订。

编辑出版工作中难免存在不足之处，热忱欢迎广大读者批评指正。

浙江文艺出版社

目 录

爱流汐涨

003　笑

005　香

007　愿

009　爱底痛苦

012　梨花

014　花香雾气中底梦

017　美底牢狱

020　再会

023　爱流汐涨

026　桥边

029　别话

你为什么不来

035　信仰底哀伤

037　你为什么不来

039　银翎的使命

042　生

044　我想

046　乡曲底狂言

049　无法投递之邮件

070　读《芝兰与茉莉》因而想及我底祖母

088　落花生

090　我的童年

098　无法投递之邮件（续）

春底林野

105　暗途

108　万物之母

112　暾将出兮东方

115　海

117　春底林野

119　难解决的问题

122　疲倦的母亲

124　海世间

127　上景山

132　先农坛

民国一世

139　三迁

141　蜜蜂和农人

143　"小俄罗斯"底兵

145　补破衣底老妇人

148　民国一世

157　礼俗与民生

163　忆卢沟桥

168　女子底服饰

175　"七七"感言

178　今天

读书谈

185　创作底三宝和鉴赏底四依

190　中国美术家底责任

199　读书谈

211　老鸦咀

214　怡情文学与养性文学

217　论"反新式风花雪月"

222　牛津的书虫

爱流汐涨

我们住底地方
就在桃溪溪畔。

笑

我从远地冒着雨回来。因为我妻子心爱底一样东西让我找着了;我得带回来给她。

一进门,小丫头为我收下雨具,老妈子也借故出去了。我对妻子说:"相离好几天,你闷得慌吗?……呀,香得很!这是从哪里来底?"

"窗棂下不是有一盆素兰吗?"

我回头看,几箭兰花在一个汝窑钵上开着。我说:"这盆花多会移进来底?这么大雨天,还能开得那么好,真是难得啊!……可是我总不信那些花有如此底香气。"

我们并肩坐在一张紫檀榻上。我还往下问:"良人,到底是兰花底香,是你底香?"

"到底是兰花底香,是你底香?让我闻一闻。"她说时,亲了我一下。小丫头看见了,掩着嘴笑,翻身揭开帘子,要往外走。

"玉耀,玉耀,回来。"小丫头不敢不回来,但,仍然抿着嘴笑。

"你笑什么?"

"我没有笑什么。"

我为她们排解说:"你明知道她笑什么,又何必问她呢,饶了她罢。"

妻子对小丫头说:"不许到外头瞎说。去罢,到园里给我摘些瑞香来。"小丫头抿着嘴出去了。

香

妻子说:"良人,你不是爱闻香么?我曾托人到鹿港去买上好的沉香线;现在已经寄到了。"她说着,便抽出妆台底抽屉,取了一条沉香线,燃着,再插在小宣炉中。

我说:"在香烟绕缭之中,得有清谈。给我说一个生番故事罢。不然,就给我谈佛。"

妻子说:"生番故事,太野了。佛更不必说,我也不会说。"

"你就随便说些你所知道底罢,横竖我们都不大懂得;你且说,什么是佛法罢。"

"佛法么?——色,——声,——香,——味,——触,——造作,——思维,都是佛法;惟有爱闻香底爱不是佛法。"

"你又矛盾了！这是什么因明？"

"不明白么？因为你一爱，便成为你底嗜好；那香在你闻觉中，便不是本然的香了。"

愿

南普陀寺里的大石，雨后稍微觉得干净，不过绿苔多长一些。天涯底淡霞好像给我们一个天晴底信。树林里底虹气，被阳光分成七色。树上，雄虫求雌底声，凄凉得使人不忍听下去。妻子坐在石上，见我来，就问："你从哪里来？我等你许久了。"

"我领着孩子们到海边捡贝壳咧。阿琼捡着一个破具，虽不完全，里面却像藏着珠子底样子。等他来到，我教他拿出来给你看一看。"

"在这树荫底下坐着，真舒服呀！我们天天到这里来，多么好呢！"

妻说："你哪里能够……"

"为什么不能?"

"你应当作荫,不应当受荫。"

"你愿我作这样底荫么?"

"这样底荫算什么!我愿你作无边宝华盖,能普荫一切世间诸有情。愿你为如意净明珠,能普照一切世间诸有情。愿你为降魔金刚杵,能破坏一切世间诸障碍。愿你为多宝盂兰盆,能盛百味,滋养一切世间诸饥渴者。愿你有六手,十二手,百手,千万手,无量数那由他如意手,能成全一切世间等等美善事。"

我说:"极善,极妙!但我愿做调味底精盐,渗入等等食品中,把自己底形骸融散,且回复当时在海里底面目,使一切有情得尝咸味,而不见盐体。"

妻子说:"只有调味,就能使一切有情都满足吗?"

我说:"盐底功用,若只在调味,那就不配称为盐了。"

爱底痛苦

在绿荫月影底下,朗日和风之中,或急雨飘雪底时候,牛先生必要说他底真言,"啊,拉夫斯偏①!"他在三百六十日中,少有不说这话底时候。

暮雨要来,带着愁容底云片,急急飞避;不识不知的蜻蜓还在庭园间遨游着。爱诵真言底牛先生闷坐在屋里,从西窗望见隔院底女友田和正抱着小弟弟玩。

姊姊把孩子底手臂咬得吃紧;擘他底两颊;摇他底身

---

① "拉夫斯偏",即 love's pain 的音译,爱情的痛苦的意思。——本书脚注均为编者注

体；又掌他底小腿。孩子急得哭了。姊姊才忙忙地拥抱住他，推着笑说："乖乖，乖乖，好孩子，好弟弟，不要哭。我疼爱你，我疼爱你！不要哭。"不一会孩子底哭声果然停了。可是弟弟刚现出笑容，姊姊又该咬他、擘他、摇他、掌他咧。

檐前底雨好像珠帘，把牛先生眼中底对象隔住。但方才那种印象，却萦回在他眼中。他把窗户关上，自己一人在屋里踱来踱去。最后，他点点头，笑了一声，"哈，哈！这也是拉夫斯偏！"

他走近书桌子，坐下，提起笔来，像要写什么似地。想了半天，才写上一句七言诗。他念了几遍，就摇头，自己说："不好，不好。我不会做诗，还是随便记些起来好。"

牛先生将那句诗涂掉以后，就把他底日记拿出来写。那天他要记底事情格外多。日记里应用底空格，他在午饭后，早已填满了。他裁了一张纸，写着：

　　黄昏，大雨。田在西院弄她底弟弟，动起我一个感想，就是：人都喜欢见他们所爱者底愁苦；要想方法教所爱者难受。所爱者越难受，爱者越喜欢，越加爱。

　　一切被爱底男子，在他们底女人当中，直如小弟弟在田底膝上一样。他们也是被爱者玩弄底。

女人底爱最难给,最容易收回去。当她把爱收回去底时候,未必不是一种游戏的冲动;可是苦了别人哪。

唉,爱玩弄人底女人,你何苦来这一下!愚男子,你底苦恼,又活该呢!

牛先生写完,复看一遍,又把后面那几句涂去,说:"写得太过了,太过了!"他把那张纸付贴在日记上,正要起身,老妈子把哭着底孩子抱出来,一面说:"姊姊不好,爱欺负人。不要哭,咱们找牛先生去。"

"姊姊打我!"这是孩子所能对牛先生说底话。

牛先生装作可怜的声音,忧郁的容貌,回答说:"是么?姊姊打你么?来,我看看打到哪步田地?"

孩子受他底抚慰,也就忘了痛苦,安静过来了。现在吵闹底,只剩下外间急雨底声音。

梨　花

　　她们还在园里玩，也不理会细雨丝丝穿入她们底罗衣。池边梨花底颜色被雨洗得更白净了，但朵朵都懒懒地垂着。

　　姊姊说："你看，花儿都倦得要睡了！"

　　"待我来摇醒他们。"

　　姊姊不及发言，妹妹底手早已抓住树枝摇了几下。花瓣和水珠纷纷地落下来，铺得银片满地，煞是好玩。

　　妹妹说："好玩啊，花瓣一离开树枝，就活动起来了！"

　　"活动什么？你看，花儿底泪都滴在我身上哪。"姊姊说这话时，带着几分怒气，推了妹妹一下。她接着说："我不和你玩了；你自己在这里罢。"

　　妹妹见姊姊走了，直站在树下出神。停了半晌，老妈子走来,牵着她,一面走着,说:"你看,你底衣服都湿透了;在阴雨天,每日要换几次衣服,教人到哪里找太阳给你晒去呢?"

　　落下来底花瓣,有些被她们底鞋印入泥中;有些粘在妹妹身上,被她带走;有些浮在池面,被鱼儿衔入水里。那多情的燕子不歇把鞋印上的残瓣和软泥一同衔在口中,到梁间去,构成它们底香巢。

花香雾气中底梦

在覆茅涂泥底山居里,那阻不住底花香和雾气从疏帘窜进来,直扑到一对梦人身上。妻子把丈夫摇醒,说:"快起罢,我们底被褥快湿透了。怪不得我总觉得冷,原来太阳被囚在浓雾底监狱里不能出来。"

那梦中底男子,心里自有他底温暖,身外底冷与不冷他毫不介意。他没有睁开眼睛便说:"哎呀,好香!许是你桌上底素馨露洒了罢?"

"哪里?你还在梦中哪。你且睁眼看帘外底光景。"

他果然揉了眼睛,拥着被坐起来,对妻子说:"怪不得我净梦见一群女子在微雨中游戏。若是你不叫醒我,我还要往下梦哪。"

妻子也拥着她底绒被坐起来说："我也有梦。"

"快说给我听。"

"我梦见把你丢了。我自己一人在这山中遍处找寻你，怎么也找不着。我越过山后，只见一个美丽的女郎挽着一篮珠子向各树底花叶上头乱撒。我上前去向她问你底下落，她笑着问我：'他是谁，找他干什么？'我当然回答，他是我底丈夫……"

"原来你在梦中也记得他！"他笑着说这话，那双眼睛还显出很滑稽的样子。

妻子不喜欢了。她转过脸背着丈夫说："你说什么话！你老是要挑剔人家底话语，我不往下说了。"她推开绒被，随即呼唤丫头预备脸水。

丈夫速把她揪住，央求说："好人，我再不敢了。你往下说罢。以后若再饶舌，情愿挨罚。"

"谁稀罕罚你？"妻子把这次底和平画押了。她往下说："那女人对我说，你在山前柚花林里藏着。我那时又像把你忘了。……"

"哦，你又……不，我应许过不再说什么的；不然，我就要挨罚了。你到底找着我没有？"

"我没有向前走，只站在一边看她撒珠子。说来也很奇怪：那些珠子粘在各花叶上都变成五彩的零露，连我底身体也沾满了。我忍不住,就问那女郎。女郎说:'东西还是一样,没有变化,因为你底心思前后不同,所以觉得变了。你认为珠子,是在我撒手之前,因为你想我这篮子决不能盛得露水。你认为露珠时,在我撒手之后,因为你想那些花叶不能留住珠子。我告诉你:你所认底不在东西,乃在使用东西底人和时间;你所爱底,不在体质,乃在体质所表底情。你怎样爱月呢?是爱那悬在空中已经老死底暗球么?你怎样爱雪呢?是爱他那种砭人肌骨底凛冽么?'"

"她一说到雪,我打了一个寒噤,便醒起来了。"

丈夫说:"到底没有找着我。"

妻子一把抓住他底头发,笑说:"这不是找着了吗?……我说,这梦怎样?"

"凡你所梦都是好的。那女郎底话也是不错。我们最愉快底时候岂不是在接吻后,彼此底凝视吗?"他向妻子痴笑,妻子把绒被拿起来,盖在他头上,说:"恶鬼!这会可不让你有第二次底凝视了。"

美底牢狱

嬾求正在镜台边理她底晨妆,见她底丈夫从远地回来,就把头拢住,问道:"我所需要底你都给带回来了没有?"

"对不起!你虽是一个建筑师,或泥水匠,能为你自己建筑一座'美底牢狱';我却不是一个转运者,不能为你搬运等等材料。"

"你念书不是念得越糊涂,便是越高深了!怎么你底话,我一点也听不懂?"

丈夫含笑说:"不懂么?我知道你开口爱美,闭口爱美,多方地要求我给你带等等装饰回来;我想那些东西都围绕在你底体外,合起来,岂不是成为一座监禁你底牢狱吗?"

她静默了许久，也不做声。她底丈夫往下说："妻呀，我想你还不明白我底意思。我想所有美丽的东西，只能让他们散布在各处，我们只能在他们底出处爱它们；若是把他们聚拢起来，搁在一处，或在身上，那就不美了。……"

她睁着那双柔媚的眼，摇着头说："你说得不对。你说得不对。若不剖蚌，怎能得着珠玑呢？若不开山，怎能得着金刚、玉石、玛瑙等等宝物呢？而且那些东西，本来不美，必得人把他们琢磨出来，加以装饰，才能显得美丽咧。若说我要装饰，就是建筑一所美底牢狱，且把自己监在里头，且问谁不被监在这种牢狱里头呢？如果世间真有美底牢狱，像你所说，那么，我们不过是造成那牢狱底一沙一石罢了。"

"我底意思就是听其自然，连这一沙一石也毋须留存。孔雀何为自己修饰羽毛呢？菱荷何尝把他底花染红了呢？"

"所以说他们没有美感！我告诉你，你自己也早已把你底牢狱建筑好了。"

"胡说！我何曾？"

"你心中不是有许多好的想象；不是要照你底好理想去行事么？你所有底，是不是从古人曾经建筑过底牢狱里检出其中底残片？或是在自己的世界取出来底材料呢？自然要加上一点人为才能有意思。若是我底形状和荒古时候的人一样，你还爱我吗？我准敢说，你若不好好地住在你底牢狱里头，且不时时把牢狱底墙垣垒得高高的，我也不能爱你。"

刚愎的男子，你何尝佩服女子底话？你不过会说："就是你会说话！等我思想一会儿，再与你决战。"

再 会

靠窗棂坐着那位老人家是一位航海者，刚从海外归来底。他和萧老太太是少年时代底朋友，彼此虽别离了那么些年，然而他们会面时，直像忘了当中经过底日子。现在他们正谈起少年时代底旧话。

"蔚明哥，你不是二十岁底时候出海底么？"她屈着自己底指头，数了一数，才用那双被阅历染浊了底眼睛看着她底朋友说，"呀，四十五年就像我现在数着指头一样地过去了！"

老人家把手捋一捋胡子，很得意地说："可不是！……记得我到你家辞行那一天，你正在园里饲你那只小鹿；我站在你身边一棵正开着花底枇杷树下，花香和你头上底油香杂窜入我底鼻中。当时,我底别绪也不晓得要从哪里说起;但你只低头抚着小鹿。我想你那时也不能多说什么,你竟然先问一句:'要等到什么时候我们再能相见呢?'我就慢答道:'毋须多少时候。'那时,你……"

老太太截着说:"那时候底光景我也记得很清楚。当你说这句底时候,我不是说'要等再相见时,除非是黑墨有洗得白底时节'。哈哈!你去时,那缕漆黑的头发现在岂不是已被海水洗白了么?"

老人家摩摩自己底头顶,说:"对啦!这也算应验哪!可惜我总见不着芳哥,他过去多少年了?"

"唉,久了!你看我已经抱过四个孙儿了。"她说时,看着窗外几个孩子在瓜棚下玩,就指着那最高的孩子说,"你看鼎儿已经十二岁了,他公公就在他弥月后去世的。"

他们谈话时,丫头端了一盘牡蛎煎饼来。老太太举手嚷着蔚明哥说:"我定知道你底嗜好还没有改变,所以特地为你做这东西。"

"你记得我们少时,你母亲有一天做这样的饼给我们吃。你拿一块,吃完了才嫌饼里底牡蛎少,助料也不如我底多,闹着要把我底饼抢去。当时,你母亲说了一句话,教我常常忆起,就是'好孩子,算了罢。助料都是搁在一起渗匀底。做底时候,谁有工夫把分量细细去分配呢?这自然是免不了有些多，有些少底；只要饼底气味好就够了。你所吃底原不定就是为你做底，可是你已经吃过，就不能再要了'。蔚明哥，你说末了这话多么感动我呢！拿这个来比我们底境遇罢：境遇虽然一个一个排列在面前，容我们有机会选择，有人选得好，有人选得歹，可是选定以后，就不能再选了。"

老人家拿起饼来吃，慢慢地说："对啦！你看我这一生净在海面生活，生活极其简单，不像你这么繁复，然而我还是像当时吃那饼一样——也就饱了。"

"我想我老是多得便宜。我底'境遇底饼'虽然多一些助料，也许好吃一些，但是我底饱足是和你一样底。"

谈旧事是多么开心底事！看这光景，他们像要把少年时代底事迹一一回溯一遍似的。但外面底孩子们不晓得因什么事闹起来，老太太先出去做判官；这里留着一位矍铄的航海者静静地坐着吃他底饼。

爱流汐涨

月儿底步履已踏过嵇家底东墙了。孩子在院里已等了许久,一看见上半弧底光刚射过墙头,便忙忙跑到屋里叫道:"爹爹,月儿上来了,出来给我燃香罢。"

屋里坐着一个中年的男子,他底心负了无量的愁闷。外面底月亮虽然还像去年那么圆满,那么光明,可是他对于月亮底情绪就大不如去年了。当孩子进来叫他底时候,他就起来,勉强回答说:"宝璜,今晚上不必拜月,我们到院里对着月光吃些果品,回头再出去看看别人底热闹。"

孩子一听见要出去看热闹,更喜得了不得。他说:"为什么今晚上不拈香呢?记得从前是妈妈点给我底。"

父亲没有回答他。但孩子底话很多,问得父亲越发伤心了。他对着孩子不甚说话。只有向月不歇地叹息。

"爹爹今晚上不舒服么？为何气喘得那么厉害？"

父亲说："是，我今晚上病了。你不是要出去看热闹么？可以教素云姐带你去，我不能去了。"

素云是一个年长底丫头。主人底心思、性地，她本十分明白，所以家里无论大小事几乎是她一人主持。她带宝璜出门，到河边看看船上和岸上各样底灯色；便中就告诉孩子说："你爹爹今晚不舒服了，我们得早一点回去才是。"

孩子说："爹爹白天还好好的，为何晚上就害起病来？"

"唉，你记不得后天是妈妈底百日吗？"

"什么是妈妈底百日？"

"妈妈死掉，到后天是一百天底工夫。"

孩子实在不能理会那"一百日"底深密意思，素云只得说：

"夜深了，咱们回家去罢。"

素云和孩子回来底时候，父亲已经躺在床上，见他们回来，就说："你们回来了。"她跑到床前回答说："二舍，我们回来了。晚上大哥儿可以和我同睡，我招呼他，好不好？"

父亲说："不必。你还是睡你底罢。你把他安置好，就可以去歇息，这里没有什么事。"

这个七岁底孩子就睡在离父亲不远底一张小床上。外头底鼓乐声，和树梢底月影，把孩子嬲得不能睡觉。在睡眠底时候，父亲本有命令，不许说话；所以孩子只得默听着，不敢发出什么声音。

乐声远了，在近处底杂响中，最激刺孩子底，就是从父亲那里发出来底啜泣声。在孩子底思想里，大人是不会哭底。所以他很诧异地问："爹爹，你怕黑么？大猫要来咬你么？你哭什么？"他说着就要起来，因为他也怕大猫。

父亲阻止他，说："爹爹今晚上不舒服，没有别的事。不许起来。"

"咦，爹爹明明哭了！我每哭底时候，爹爹说我底声音像河里水声㴒㵀㴒㵀地响；现在爹爹底声音也和那个一样。呀，爹爹，别哭了。爹爹一哭，教宝璜怎能睡觉呢？"

孩子越说越多，弄得父亲底心绪更乱。他不能用什么话来对付孩子，只说："璜儿，我不是说过，在睡觉时不许说话么？你再说时，爹爹就不疼你了。好好地睡罢。"

孩子只复说一句："爹爹要哭，教人怎样睡得着呢？"以后他就静默了。

这晚上底催眠歌，就是父亲底抽噎声。不久，孩子也因着这声就发出微细的鼾息；屋里只有些杂响伴着父亲发出哀音。

桥　边

我们住底地方就在桃溪溪畔。夹岸遍是桃林：桃实、桃叶映入水中，更显出溪边底静谧。真想不到仓皇出走底人还能享受这明媚的景色！我们日日在林下游玩；有时踱过溪桥，到朋友底蔗园里找新生的甘蔗吃。

这一天，我们又要到蔗园去，刚踱过桥，便见阿芳——蔗园底小主人——很忧郁地坐在桥下。

"阿芳哥，起来领我们到你园里去。"他举起头来，望了我们一眼，也没有说什么。

我哥哥说："阿芳，你不是说你一到水边就把一切的烦闷都洗掉了吗？你不是说，你是水边底蜻蜓么？你看歇在水苼花上那只蜻蜓比你怎样？"

"不错。然而今天就是我第一次底忧闷。"

我们都下到岸边,围绕住他,要打听这回事。他说:"方才红儿掉在水里了!"红儿是他底腹婚妻,天天都和他在一块儿玩底。我们听了他这话,都惊讶得很。哥哥说:"那么,你还能在这里闷坐着吗?还不赶紧去叫人来?"

"我一回去,我妈心里底忧郁怕也要一颗一颗地结出来,像桃实一样了。我宁可独自在此忧伤,不忍使我妈妈知道。"

我底哥哥不等说完,一股气就跑到红儿家里。这里阿芳还在皱着眉头,我也眼巴巴地望着他,一声也不响。

"谁掉在水里啦?"

我一听,是红儿底声音,速回头一望,果然哥哥携着红儿来了!她笑眯眯地走到芳哥跟前,芳哥像很惊讶地望着她。很久,他才出声说:"你底话不灵了么?方才我贪着要到水边看看我底影儿,把他搁在树丫上,不留神轻风一摇,把他摇落水里。他随着流水往下流去;我回头要抱他,他已不在了。"

红儿才知道掉在水里底是她所赠与底小团。她曾对阿芳说那小团也叫红儿,若是把他丢了,便是丢了她。所以芳哥这么谨慎看护着。

芳哥实在以红儿所说底话是千真万真的,看今天底光景，可就教他怀疑了。他说："哦，你底话也是不准的！我这时才知道丢了你底东西不算丢了你，真把你丢了才算。"

我哥哥对红儿说："无意的话倒能教人深信：芳哥对你底信念，头一次就在无意中给你打破了。"

红儿也不着急，只优游地说："信念算什么？要真相知才有用哪。……也好，我借着这个就知道他了。我们还是到蔗园去罢。"

我们一同到蔗园去，芳哥方才的忧郁也和糖汁一同吞下去了。

别　话

素辉病得很重,离她停息底时候不过是十二个时辰了。她丈夫坐在一边,一手支颐,一手把着病人底手臂,宁静而恳挚的眼光都注在他妻子底面上。

黄昏底微光一分一分地消失,幸而房里都是白的东西,眼睛不至于失了他们底辨别力。屋里底静默,早已布满了死底气色;看护妇又不进来,她底脚步声只在门外轻轻地踩过去,好像告诉屋里底人说:"生命底步履不望这里来,离这里渐次远了。"

强烈的电光忽然从玻璃泡里底金丝发出来。光底浪把那病人底眼睑冲开。丈夫见她这样,就回复他底希望,恳挚地说:"你——你醒过来了!"

素辉好像没听见这话,眼望着他,只说别的。她说:"嗳,珠儿底父亲,在这时候,你为什么不带她来见见我?"

"明天带她来。"

屋里又沉默了许久。

"珠儿底父亲哪,因为我身体软弱、多病底缘故,教你牺牲许多光阴来看顾我,还阻碍你许多比服侍我更要紧的事。我实在对你不起。我底身体实不容我……"

"不要紧的,服侍你也是我应当做底事。"

她笑。但白的被窝中所显出来底笑容并不是欢乐底标识。她说:"我很对不住你,因为我不曾为我们生下一个男儿。"

"哪里底话!女孩子更好。我爱女的。"

凄凉中底喜悦把素辉身中预备要走底魂拥回来。她底精神似乎比前强些,一听丈夫那么说,就接着道:"女的本不足爱:你看许多人——连你——为女人惹下多少烦恼!……不过是——人要懂得怎样爱女人,才能懂得怎样爱智慧。不会爱或拒绝爱女人底,纵然他没有烦恼,他是万灵中最愚蠢的人。珠儿底父亲,珠儿底父亲哪,你佩服这话么?"

这时,就是我们——旁边底人——也不能为珠儿底父亲想出一句答辞。

"我离开你以后,切不要因为我,就一辈子过那鳏夫底生活。你必要为我底缘故,依我方才的话爱别的女人。"她说到这里把那只几乎动不得底右手举起来,向枕边摸索。

"你要什么?我替你找。"

"戒指。"

丈夫把她底手扶下来,轻轻在她枕边摸出一只玉戒指来递给她。

"珠儿底父亲,这戒指虽不是我们订婚用底,却是你给我底;你可以存起来,以后再给珠儿底母亲,表明我和她底连属。除此以外,不要把我底东西给她,恐怕你要当她是我;不要把我们底旧话说给她听,恐怕她要因你底话就生出差别心,说你爱死的妇人甚于爱生的妻子。"她把戒指轻轻地套在丈夫左手底无名指上。丈夫随着扶她底手与他底唇边略一接触。妻子对于这番厚意,只用微微睁开底眼睛看着他。除掉这样的回报,她实在不能表现什么。

丈夫说:"我应当为你做底事,都对你说过了。我再说一句,无论如何,我永久爱你。"

"咦,再过几时,你就要把我底尸体扔在荒野中了!虽然我不常住在我底身体内,可是人一离开,再等到什么时候,在什么地方才能互通我们恋爱底消息呢?若说我们将要住在天堂底话,我想我也永无再遇见你底日子,因为我们底天堂不一样。你所要住底,必不是我现在要去底。何况我还不配住在天堂。我虽不信你底神,我可信你所信底真理。纵然真理有能力,也不为我们这小小的缘故就永远把我们结在一块。珍重罢,不要爱我于离别之后。"

丈夫既不能说什么话,屋里只可让死的静寂占有了。楼底下恍惚敲了七下自鸣钟。他为尊重医院底规则,就立起来,握着素辉底手说:"我底命,再见罢,七点钟了。"

"你不要走,我还和你谈话。"

"明天我早一点来,你累了,歇歇罢。"

"你总不听我底话。"她把眼睛闭了,显出很不愿意底样子。丈夫无奈,又停住片时,但她实在累了,只管躺着,也没有什么话说。

丈夫轻轻蹑出去。一到楼口,那脚步又退后走,不肯下去。他又蹑回来,悄悄到素辉床边,见她显着昏睡的形态,枯涩的泪点滴不下来,只挂在眼睑之间。

你为什么不来

我只能每日坐在池边,
盼望你能从水底浮上来。

信仰底哀伤

在更阑人静底时候，伦文就要到池边对他心里所立底乐神请求说："我怎能得着天才呢？我底天才缺乏了，我要表现的，也不能尽地表现了！天才可以像油那样，日日添注入我这盏小灯么？若是能，求你为我，注入些少。"

"我已经为你注入了。"

伦先生听见这句话，便放心回到自己底屋里。他舍不得睡，提起乐器来，一口气就制成一曲。自己奏了又奏，觉得满意，才含着笑，到卧室去。

第二天早晨，他还没有盥漱，便又把昨晚上底作品奏过几遍；随即封好，教人邮到歌剧场去。

他底作品一发表出来，许多批评随着在报上登载八九天。那些批评都很恭维他；说他是这一派，那一派。可是他又苦起来了！

在深夜底时候，他又到池边去，垂头丧气地对着池水，从口中发出颤声说："我所用底音节，不能达我底意思么？呀，我底天才丢失了！再给我注入一点罢。"

"我已经为你注入了。"

他屡次求，心中只听得这句回答。每一作品发表出来，所得底批评，每每使他忧郁不乐。最后，他把乐器摔碎了，说："我信我底天才丢了，我不再作曲子了。唉，我所依赖底，枉费你眷顾我了。"

自此以后，社会上再不能享受他底作品；他也不晓得往那里去了。

你为什么不来

在夭桃开透、浓荫欲成底时候，谁不想伴着他心爱的人出去游逛游逛呢？在密云不飞、急雨如注底时候，谁不愿在深闺中等她心爱的人前来细谈呢？

她闷坐在一张睡椅上，紊乱的心思像窗外底雨点——东抛，西织，来回无定。在有意无意之间，又顺手拿起一把九连环慵懒懒地解着。

丫头进来说："小姐，茶点都预备好了。"

她手里还是慵懒懒地解着，口里却发出似答非答底声："……他为什么还不来？"

除窗外底雨声，和她手中轻微的银环声以外，屋里可算静极了！在这幽静的屋里，忽然从窗外伴着雨声送来几

句优美的歌曲:

>你放声哭,
>>因为我把林中善鸣的鸟笼住么?
>
>你飞不动,
>>因为我把空中底雁射杀么?
>
>你不敢进我底门,
>>因为我家养狗提防客人么?
>
>因为我家养猫捕鼠,
>>你就不来么?
>
>因为我底灯火没有笼罩,
>>烧死许多美丽的昆虫
>>>你就不来么?
>
>你不肯来,
>>因为我有?……

"有什么呢?"她听到末了这句,那紊乱的心就发出这样的问。她心中接着想:因为我约你,所以你不肯来;还是因为大雨,使你不能来呢?

银翎的使命

黄先生约我到狮子山麓阴湿的地方去找捕蝇草。那时刚过梅雨之期，远地青山还被烟霞蒸着，唯有几朵山花在我们眼前淡定地看那在溪涧里逆行的鱼儿喋着它们的残瓣。

我们沿着溪涧走。正在找寻的时候，就看见一朵大白花从上游顺流而下。我说："这时候，哪有偌大的白荷花流着呢？"

我的朋友说："你这近视鬼！你准看出那是白荷花么？我看那是……"

说时迟，来时快，那白的东西已经流到我们跟前。黄先生急把采集网拦住水面；那时，我才看出是一只鸽子。他从网里把那死的飞禽取出来，诧异说："是谁那么不仔细，把人家的传书鸽打死了！"他说时，从鸽翼下取出一封长的小信来，那信已被水浸透了；我们慢慢把它展开，披在一块石上。

"我们先看看这是从哪里来，要寄到哪里去的，然后给他寄去，如何？"我一面说，一面看着。但那上头不特地址没有，甚至上下的款识也没有。

黄先生说："我们先看看里头写的是什么，不必讲私德了。"

我笑着说："是，没有名字的信就是公的，所以我们也可以披阅一遍。"

于是我们一同念着：

你教昆儿带银翎、翠翼来，吩咐我，若是它们空着回去，就是我还平安的意思。我恐怕他知道，把这两只小宝贝寄在霞妹那里；谁知道前天她开笼搁饲料的时候，不提防把翠翼放走了！

嗳，爱者，你看翠翼没有带信回去，定然很安心，以为我还平安无事。我也很盼望你常想着我的精神和去年一样。不过现在不能不对你说的，就是过几天人就要把我接去了！我不得不叫你速速来和他计较。你一来，什么事都好办了。因为他怕的是你和他讲理。

嗳，爱者，你见信以后，必得前来，不然，就见我不着；以后只能在累累荒冢中读我的名字了，这不是我不等你，时间不让我等你哟！

我盼望银翎平平安安地带着他的使命回去。

我们念完，黄先生道："这是怎么一回事？"

"谁能猜呢？反正是不幸的事罢了。现在要紧的，就是怎样处置这封信。我想把它贴在树上，也许有知道这事的人经过这里，可以把他带去。"我摇着头，且轻轻地把信揭起。

黄先生说："不如拿到村里去打听一下，或者容易找出一点线索。"

我们商量之下，就另抄一张起来，仍把原信系在鸽翼底下。黄先生用采掘锹子在溪边挖了一个小坑，把鸽子葬在里头。回头为它立了一座小碑，且从水中淘出几块美丽的小石压在墓上。那墓就在山花盛开的地方，我一翻身，就把些花瓣摇下来，也落在这使者的墓上。

生

　　我底生活好像一棵龙舌兰，一叶一叶慢慢地长起来。某一片叶在一个时期曾被那美丽的昆虫做过巢穴；某一片叶曾被小鸟们歇在上头歌唱过。现在那些叶子都落掉了！只有瘢楞的痕迹留在干上，人也忘了某叶某叶曾经显过底样子；那些叶子曾经历过底事迹惟有龙舌兰自己可以记忆得来，可是他不能说给别人知道。

　　我底生活好像我手里这管笛子。他在竹林里长着底时候，许多好鸟歌唱给他听；许多猛兽长啸给他听；甚至天中底风雨雷电都不时教给他发音底方法。

　　他长大了，一切教师所教底都纳入他底记忆里。然而他身中仍是空空洞洞,没有什么。

　　做乐器者把他截下来,开几个气孔,搁在唇边一吹,他从前学底都吐露出来了。

我　想

我想什么？

我心里本有一条达到极乐园地底路，从前曾被那女人走过底；现在那人不在了，这条路不但是荒芜，并且被野草、闲花、棘枝、绕藤占据得找不出来了！

我许久就想着这条路，不单是开给她走底，她不在，我岂不能独自来往？

但是野草、闲花这样美丽、香甜，我怎舍得把他们去掉呢？棘枝、绕藤又那样横逆、蔓延，我手里又没有器械，怎敢惹他们呢？我想独自在那路上徘徊，总没有实行底日子。

日子一久，我连那条路底方向也忘了。我只能日日跑到路口那个小池底岸边静坐，在那里怅望，和沉思那草掩、藤封底道途。

狂风一吹，野花乱坠，池中锦鱼道是好饵来了，争着上来唼喋。我所想底，也浮在水面被鱼喋入口里；复幻成泡沫吐出来，仍旧浮回空中。

鱼还是活活泼泼地游；路又不肯自己开了；我更不能把所想底撇在一边。呀！

我定睛望着上下游泳底锦鱼；我底回想也随着上下游荡。

呀，女人！你现在成为我"记忆底池"中底锦鱼了。你有时浮上来，使我得以看见你；有时沉下去，使我费神猜想你是在某片落叶底下，或某块沙石之间。

但是那条路底方向我早忘了，我只能每日坐在池边，盼望你能从水底浮上来。

乡曲底狂言

在城市住久了，每要害起村庄底相思病来。我喜欢到村庄去，不单是贪玩那不染尘垢底山水；并且爱和村里底人攀谈。我常想着到村里听庄稼人说两句愚拙的话语，胜过在郡邑里领受那些智者底高谈大论。

这日，我们又跑到村里拜访耕田底隆哥。他是这小村底长者，自己耕着几亩地，还艺一所菜园。他底生活倒是可以羡慕底。他知道我们不愿意在他矮陋的茅屋里，就让我们到篱外底瓜棚底下坐坐。

横空地长虹从前山底凹处吐出来，七色底影印在清潭底水面。我们正凝神看着，蓦然听得隆哥好像对着别人说："冲那边走罢，这里有人。"

"我也是人，为何这里就走不得？"我们转过脸来，那人已站在我们跟前。那人一见我们，应行底礼，他也懂得。我们问过他底姓名，请他坐。隆哥看见这样，也就不作声了。

我们看他不像平常人；但他有什么毛病，我们也无从说起。他对我们说："自从我回来，村里底人不晓得当我做个什么。我想我并没有坏意思，我也不打人，也不叫人吃亏，也不占人便宜，怎么他们就这般地欺负我——连路也不许我走？"

和我同来底朋友问隆哥说："他底职业是什么？"隆哥还没作声，他便说："我有事做，我是有职业底人。"说着，便从口袋里掏出一本小折子来，对我底朋友说："我是做买卖底。我做了许久了，这本折子里所记底账不晓得是人该我底，还是我该人底，我也记不清楚，请你给我看看。"他把折子递给我底朋友，我们一同看，原来是同治年间底废折！我们忍不住大笑起来，隆哥也笑了。

隆哥怕他招笑话，想法子把他哄走。我们问起他底来历，隆哥说他从少在天津做买卖，许久没有消息，前几天刚回来底。我们才知道他是村里新回来底一个狂人。

隆哥说："怎么一个好好的人到城市里就变成一个疯子回来？我听见人家说城里有什么疯人院，是造就这种疯子底。你们住在城里，可知道有没有这回事？"

我回答说:"笑话!疯人院是人疯了才到里边去;并不是把好好的人送到那里教疯了放出来底。"

"既然如此,为何他不到疯人院里住,反跑回来,到处骚扰?"

"那我可不知道了。"我回答时,我底朋友同时对他说:"我们也是疯人,为何不到疯人院里住?"

隆哥很诧异地问:"什么?"

我底朋友对我说:"我这话,你说对不对?认真说起来,我们何尝不狂?要是方才那人才不狂呢。我们心里想什么,口又不敢说,手也不敢动,只会装出一副脸孔;倒不如他想说什么便说什么,想做什么就做什么,那分诚实,是我们做不到底。我们若想起我们那些受拘束而显出来底动作,比起他那真诚的自由行动,岂不是我们倒成了狂人?这样看来,我们才疯,他并不疯。"

隆哥不耐烦地说:"今天我们都发狂了,说那个干什么?我们谈别的罢。"

瓜棚底下闲谈,不觉把印在水面的长虹惊跑了。隆哥底儿子赶着一对白鹅向潭边来。我底精神又贯注在那纯净的家禽身上。鹅见着水也就发狂了。他们互叫了两声,便拍着翅膀趋入水里,把静明的镜面踏破。

无法投递之邮件

给诵幼

▲不能投递之原因——地址不明,退发信人写明再递。

诵幼,我许久没见你了。我近来患失眠症。梦魂呢,又常因在躯壳里飞不到你身边,心急得很。但世间事本无容人着急的余地,越着急越不能到,我只得听其自然罢了。你总不来我这里,也许你怪我那天藏起来,没有出来帮你忙的缘故。呀,诵幼,若你因那事怪了我,可就冤枉极了!我在那时,全身已抛在烦恼的海中,自救尚且不暇,何能顾你？今天接定慧底信，说你已经被释放了，我实在欢喜得很！呀，诵劝，此后须要小心和男子相往来。你们女子常说"男子坏的很多"，这话诚然不错。但我以为男子底坏，并非他生来就是如此的，是跟女子学来的。诵劝，我说这话，请你不要怪我。你底事且不提，我拿文锦底事来说罢。他对于尚素本来是很诚实的，但尚素要将她和文锦底交情变为更亲密的交情，故不得不胡乱献些殷勤。呀，女人底殷勤，就是使男子变坏的砒石哟！我并不是说女子对于男子要很森严、冷酷，像怀霄待人一样；不过说没有智慧的殷勤是危险的罢了。

我盼望你今后的景况像湖心底白鹄一样。

给贞蕤

▲不能投递之原因——此人已离广州。

自走马营一别，至今未得你底消息。知道你底生活和行脚僧一样，所以没有破旅愁的书信给你念。昨天从秔香处听见你底近况，且知道你现在住在这里，不由得我不写这几句话给你。

我底朋友，你想北极底冰洋上能够长出花菖蒲，或开得像尼罗河边底王莲来么？我劝你就回家去罢。放着你清凉而恬淡的生活不享，飘零着找那不知心的"知心人"，为何自找这等刑罚？纵说是你当时得罪了他，要找着他向他谢罪，可是罪过你已认了，那温润不挠、如玉一般的情好岂能弥补得毫无瑕疵？

我底朋友，我常想着我曾用过一管笔，有一天无意中把笔尖误烧了（因为我要学篆书，听人说烧尖了好写），就不能再用它。但我很爱那笔，用尽许多法子，也补救不来；就是拿去找笔匠，也不能出什么主意，只是教我再换过一管罢了。我对于那天天接触的小宝贝，虽舍不得扔掉，也不能不把它藏在笔囊里。人情虽不能像这样换法，然而，我们若在不能换之中，姑且当做能换，也就安慰多了。你有心牺牲你底命运，他却无意成就你底愿望，你又何必！我劝你早一点回去罢，看你年少的容貌或逃镜影中，在你背后的黑影快要闯入你底身里，把你青春一切活泼的风度赶走，把你光艳的躯壳夺去了。

我再三叮咛你，不知心的"知心人"，纵然找着了，只是加增懊恼，毫无用处的。

给小峦

▲不能投递之原因——此人已入疯人院。

　　绿绮湖边底夜谈，是我们所不能忘掉的。但是，小峦，我要告诉你，迷生决不能和我一样，常常惦念着你，因为他底心多用在那恋爱底遗骸上头。你不是教我探究他的意思吗？我昨天一早到他那里去，在一件事情上，使我理会他还是一个爱底坟墓底守护者。若是你愿意听这段故事，我就可以告诉你。

　　我一进门时，他垂着头好像很悲伤的样子，便问："迷生，你又想什么来？"他叹了一声才说："她织给我底领带坏了！我身边再也没有她底遗物了！人丢了，她底东西也要陆续地跟着她走，真是难解！"我说："是的，太阳也有破坏的日子，何况一件小小东西，你不许它坏，成么？"

　　"为什么不成！若是我不用它，就可以保全它，然而我怎能不用？我一用她给我留下的器用，就借那些东西要和她交通，且要得着无量安慰。"他低垂的视线牵着手里底旧领带，接着说："唉，现在她底手泽都完了！"

　　小峦，你想他这样还能把你惦记在心里么？你太轻于自信了。我不是使你失望,我很了解他,也了解你;你们固然是亲戚,但我要提醒除你疏淡的友谊外,不要多走一步。因为,凡最终的地方,都是在对岸那很高、很远、很暗,且不能用平常的舟车达到的。你和迷生底事,据我现在的观察,纵使蜘蛛底丝能够织成帆,蜣螂底甲能够装成船,也不能渡你过第一步要过的心意底汗洋。你不要再发痴了,还是回向莲台,拜你那低头不语的偶像好。你常说我给麻醉剂你服,不错的!若是我给一毫一厘的兴奋剂你服,恐怕你要起不来了。

答劳云

▲不能投递的原因——劳云已投金光明寺,在岭上,不能递。

中夜起来,月还在座,渴鼠蹑上桌子偷我笔洗里底墨水喝,我一下床它就吓跑了。它惊醒我,我吓跑它,也是公道的事情。到窗边坐下,且不点灯,回想去年此夜,我们正在了因底园里共谈,你说我们在万本芭蕉底下直像草根底下斗鸣的小虫。唉,今夜那园里底小虫必还在草根底下叫着,然而我们呢?本要独自出去一走,争奈院里鬼影历乱，又没有侣伴，只得作罢了。睡不着，偏想茶喝，到后房去，见我底小丫头被慵睡锁得很牢固，不好解放她，喝茶底念头，也得作罢了。回到窗边坐下，摩摩窗棂，无意摩着你前月的信，就仗着月灯再念了一遍。可幸你底字比我写得还要粗大，念时尚不费劲。在这时候，只好给你写这封回信。

劳云，我对了因所说，哪得天下荒山，重叠围合，做个大监牢——野兽当逻卒，古树作栅栏，烟云拟桎梏，茑萝为索链，——闲散地囚禁你这流动人愁怀的诗犯？不想你真要自首去了！去也好，但我只怕你一去到那里便成诗境，不是诗牢了。

你问我为什么叫你做诗犯，我自己也不知其所以然。我觉得你底诗虽然很好，可是你心里所有的和手里写出来的总不能适合；不如把笔摔掉，到那只许你心儿领会的诗牢去更妙。遍世间尽是诗境，所以诗人易做。诗人无论遇着什么，总不肯诤嘿着，非发出些愁苦的诗不可，真是难解。譬如今夜夜色，若你在时，必要把院里所有的调戏一番，非教它们都哭了，你不甘心。这便是你底过犯了。所以我要叫你做诗犯，很盼望你做个诗犯。

一手按着手电灯，一手写字，很容易乏，不写了。今夜起来，本不是为给你写回信，然而在不知不觉中，就误了我半小时,不能和我那个"月"默谈。这又是你底罪过!

院里底虫声直如鬼哭,听得我毛发尽竦。还是埋头枕底,让那只小鼠畅饮一场罢。

给琰光

▲不能投递之原因——琰光南归就婚,嘱所有男女来书均退回。

你在我心中始终是一个生面人,彼此间再也不能有什么微妙深沉的认识了。这也是难怪的。白孔雀和白熊虽是一样清白,而性情底冷暖各不相同,故所住的地方也不相同。我看出来了!你是白熊,只宜徘徊于古冰峥嵘的岩壑间,当然不能与我这白孔雀一同飞翔于缨藤缕缕、繁花树树的森林里。可惜我从前对你所有意绪,到今日落得寸断毫分,流离到踪迹都无。我终恨我不是创作者呀!怎么连这刹那等速的情爱时间也做不来?

我热极了,躺在病床上,只是同冰作伴。你底情愫也和冰一样,我愈热,你愈融,结果只使我戴着一头冷水。就是在手中的,也消融尽了。人间第一痛苦就是无情的人偏会装出多情的模样,有情的倒是缄口束手,无所表示!

启芳说我是泛爱者,劳生说我是兼爱者,但我自己却以为我是困爱者。我实对你说,我自己实不敢作,也不能作爱恋业,为困于爱,故镇日颠倒于这甜苦的重围中,不能自行救度。爱底沉沦是一切救主所不能救的。爱底迷蒙是一切"天人师"所不能训诲开示的。爱底刚愎是一切"调御丈夫"所不能降伏的。

病中总希望你来看看我,不想你影儿不露,连信也不来!似游丝的情绪只得因着记忆底风挂搭在西园西篱,晚霞现处。那里站着我儿时曾爱、现在犹爱的邕。她是我这一生第一个女伴,二十四年的别离,我已成年,而心象中底邕还是两股小辫垂在绿衫儿上。毕竟是别离好呵!别离的人总不会老的,你不来也就罢了,因为我更喜欢在旧梦中寻找你。

你去年对我说那句话,这四百日中,我未尝忘掉要给你一个解答。你说爱是你的,你要予便予,要夺便夺。又说要得你底爱须付代价,咦,你老脱不掉女人底骄傲!无论是谁,都不能有自己底爱。你未生以前,爱恋早已存在,不过你偷了些少来眩惑人罢了。你到底是个爱底小窃;同时是个爱底典质者。你何尝花了一丝一忽的财宝,或费了一言一动的劳力去索取爱恋,你就想便宜得来,高贵地售出?人间第二痛苦就是出无等的代价去买不用劳力得来的爱恋。我实在告诉你，要代价的爱情，我买不起。

焦把纸笔拿到床边，迫着我写信给你，不得已才写了这一套话。我心里告诉我说，从诚实心表见出来的言语，永不至于得罪人，所以我想上头所说的不会动你底怒。

给憬然三姑

▲不能投递之原因——本宅并无"三姑"称谓。

我来找你，并不是不知道你已嫁了，怎么你总不敢出来和我叙叙旧话？我一定要认识你底"天"以后才可以见你么？三千里的海山，十二年的隔绝，此间：每年、每月、每个时辰、每一念中都盼着要再会你。一踏入你底大门，我心便摆得如秋千一般，几乎把心房上底大脉震断了。谁知坐了半天，你总不出来！好容易见你出来，客气话说了，又坐我背后。那时许多人要与我谈话，我怎好意思回过脸去向着你？

合卺酒是女人底懑兜汤，一喝便把儿女旧事都忘了；所以你一见了我，只似曾相识，似不相识，似怕人知道我们曾相识，两意三心，把旧时的好话都撇在一边。

那一年底深秋，我们同在昌华小榭赏残荷。我底手误触在竹栏边底仙人掌上,竟至流血不止。你从你底镜囊取出些粉纸,又拔两根你香柔而黑甜的头发,为我裹缠伤处。你记得那时所说的话么?你说:"这头发虽然不如弦底韧,用来缠伤,足能使得,就是用来系爱人底爱也未必不能胜任。"你含羞说出的话真果把我心系住,可是你底记忆早与我底伤痕一同丧失了。

又是一年底秋天,我们同在屋顶放一只心形纸鸢。你扶着我底肩膀看我把线放尽了。纸鸢腾得很高,因为风力过大,扯得线儿欲断不断。你记得你那时所说的话么?你说:"这也不是'红线',容它断了罢。"我说:"你想我舍得把我偷闲做成的'心'放弃掉么?纵然没有红线,也不能容它流落。"你说:"放掉假心,还有真心呢。"你从我手里把白线夺过去,一撒手,纸鸢便翻了无数的筋斗,带着堕线飞去,挂在皇觉寺塔顶。那破心底纤维也许还存在塔上,可是你底记忆早与当时的风一样地不能追寻了。

有一次,我们在流花桥上听鹧鸪,你底白袜子给道傍底曼陀罗花汁染污了。我要你脱下来,让我替你洗净。你记得当时你说什么来?你说:"你不怕人笑话么,——岂有男子给女人洗袜子的道理?你忘了我方才用栀子花蒂在你掌上写了我底名字么?一到水里,可不把我底名字从你手心洗掉,你怎舍得?"唉,现在你底记忆也和写在我掌上的名字一同消灭了！

真是！合卺酒是女人底㦬兜汤，一喝便把儿女旧事都忘了。但一切往事在我心中都如残机底线，线线都相连着，一时还不能断尽。我知道你现在很快活，因为有了许多子女在你膝下。我一想起你，也是和你对着儿女时一样地喜欢。

给爽君夫妇

▲不能投递之原因——爽君逃了，不知去向。

你底问题，实在是时代问题，我不是先知，也不能决定说出其中底秘奥。但我可以把几位朋友所说的话介绍给你知道，你定然要很乐意地念一念。

我有一位朋友说："要双方发生误解，才有爱情。"他底意思以为相互的误解是爱情底基础。若有一方面了解，一方面误解，爱也无从悬挂的。若两方面都互相了解，只能发生更好的友谊罢了。爱情底发生，因为我不知道你是怎么一回事，你不知道我是怎么一回事。若彼此都知道很透澈，那时便是爱情底老死期到了。

又有一位朋友说："爱情是彼此底帮助：凡事不顾自

己,只顾人。"这句话,据我看来,未免广泛一点。我想你也知道其中不尽然的地方。

又有一位朋友说:"能够把自己的人格忘了,去求两方更高的共同人格便是爱情。"他以为爱情是无我相的,有"我"的执着不能爱,所以要把人格丢掉;然而人格在人间生活的期间内是不能抛弃的,为这缘故,就不能不再找一个比自己人格更高尚的东西。他说这要找的便是共同人格。两方因为再找一个共同人格,在某一点上相遇了,便连合起来成为爱情。

此外有许多陈腐而很新鲜的论调我也不多说了。总之,爱情是非常神秘,而且是一个人一样的。近时的作家每要夸炫说:"我是不写爱情小说,不作爱情诗的。"介绍一个作家,也要说:"他是不写爱情的文艺的。"我想这就是我们不能了解爱情本体的原因。爱情就是生活,若是一个作家不会描写,或不敢描写,他便不配写其余的文艺。

我自信我是有情人,虽不能知道爱情底神秘,却愿多多地描写爱情生活。我立愿尽此生,能写一篇爱情生活,便写一篇;能写十篇,便写十篇;能写百、千、亿、万篇,便写百、千、亿、万篇。立这志愿,为的是安慰一般互相误解、不明白的人。你能不骂我是爱情牢狱底广告人么?

这信写来答复爽君。亦雄也可同念。

复诵幼

▲不能投递之原因——该处并无此人。

"是神造宇宙、造人间、造人、造爱,还是爱造人、造人间、造宇宙、造神"?这实与"是男生女,是女生男"的旧谜一般难决。我总想着人能造的少,而能破的多。同时,这一方面是造,那一方面便是破。世间本没有"无限"。你破璞来造你底玉簪,破贝来造你底珠珥,破木为梁,破石为墙,破蚕、棉、麻、麦、牛、羊、鱼、鳖底生命来造你底日用饮食,乃至破五金来造货币、枪弹,以残害同类、异种的生命。这都是破造双成的。要生活就得破。就是你现在的"室家之乐"也从破得来。你破人家亲子之爱来造成的配偶,又何尝不是破?破是不坏的,不过现代的人还找不出破坏量少而建造量多的一个好方法罢了。

你问我和她底情谊破了不,我要诚实地回答你说:诚然,我们底情谊已经碎为流尘,再也不能复原了;但在清夜中,旧谊底鬼灵曾一度蹑到我记忆底仓库里,悄悄把我伐情的斧——怨恨——拿走。我揭开被褥起来,待要追它,它已乘着我眼中底毛轮飞去了。这不易寻觅的鬼灵只留它底踪迹在我书架上。原来那是伊人底文件！我伸伸腰，揉着眼，取下来念了又念，伊人底冷面复次显现了。旧的情谊又从字里行间复活起来。相怨后的复和，总解不通从前是怎么一回事，也诉不出其中的甘苦。心面上底青紫惟有用泪洗濯而已。有涩泪可流的人还算不得是悲哀者。所以我还能把壁上底琵琶抱下来弹弹，一破清夜底岑寂。你想我对着这归来的旧好必要弹些高兴的调子。可是我那夜弹来弹去只是一阕《长相忆》，总弹不出《好事近》！这奈何，奈何？我理会从记忆底坟里复现的旧谊，多年总有些分别。但玉在她底信里附着几句短词嘲我说：

噫，说到相怨总是表面事，
心里的好人儿仍是旧相识。
是爱是憎本容不得你做主，
你到底是个爱恋底奴隶！

她所嘲于我的未免太过。然而那夜底境遇实是我破从前一切情愫所建造的。此后，纵然表面上极淡的交谊也没有，而我们心底理会仍可以来去自如。

你说爱是神所造，劝我不要拒绝，我本没有拒绝，然而憎也是神所造，我又怎能不承纳呢？我心本如香水海，只任轻浮的慈惠船载着喜爱的花果在上面游荡。至于满载痴石嗔火的簰筏,终要因它底危险和沉重而消没净尽,焚毁净尽。爱憎既不由我自主,那破造更无消说了。因破而造,因造而破,缘因更迭,你哪能说这是好,那是坏?至于我底心迹连我自己也不知道,你又怎能名其奥妙?人到无求,心自清宁,那时既无所造作,亦无所破坏。我只觉我心还有多少欲念除不掉,自当勇敢地破灭它至于无余。

你,女人,不要和我讲哲学,我不懂哲学。我劝你也不要希望你脑中有百"论"、千"说"、亿万"主义",那由他"派别",辩来论去,逃不出鸡子方圆的争执。纵使你能证出鸡子是方的,又将如何?你还是给我讲讲音乐好。近来造了一阕《暖云烘寒月》琵琶谱,顺抄一份寄给你。这也是破了许多工夫造得来的。

复真龄

▲不能投递之原因——真龄去国,未留住址。

自与那人相怨后,更觉此生不乐。不过旧时的爱好,如洁白的寒鹭,三两时间飞来歇在我心中泥泞的枯塘之岸,有时漫涉到将干未干的水中央,还能使那寂静的平面随着她底步履起些微波。

唉,爱姊姊和病弟弟总是孪生的呵!我已经百夜没睡了。我常说,我底爱如香洌的酒,已经被人饮尽了,我哀伤的金罍里只剩些残冰底融液,既不能醉人,又足以冻我齿牙。你试想,一个百夜不眠的人,若渴到极地,就禁得冷饮么?

"为爱恋而去的人终要循着心境底爱迹归来",我老是这样地颠倒梦想。但两人之中,谁是为爱恋先走开的?我说那人,那人说我。谁也不肯循着谁底爱迹归来。这委是一件胡卢事!玉为这事也和你一样写信来呵责我,她真和她眼中底瞳子一样,不用镜子就映不着自己。所以我给她寄一面小镜去。她说"女人总是要人爱的",难道男子就不是要人爱的?她当初和球一自相怨后,也是一样蒙起各人底面具,相逢直如不识。他们两个复和,还是我底工夫,我且写给你看。

那天,我知道球要到帝室之林去赏秋叶,就怂恿她与我同去。我远地看见球从溪边走来,借故撇开她,留她在一棵枫树底下坐着,自己藏在一边静观。人在落叶上走是秘不得的。球底足音,谅她听得着。球走近树边二丈相离的地方也就不往前进了。他也在一根横卧的树根上坐下,拾起枯枝只顾挥拨地上底败叶。她偷偷地看球,不做声,也不到那边去。球底双眼有时也从假意低着的头斜斜地望她。他一望，玉又假做看别的了。谁也不愿意表明谁看着谁来。你知道这是很平常的事。由爱至怨，由怨至于假不相识，由假不相识也许能回到原来的有情境地。我见如此，故意走回来，向她说："球在那边哪！"她回答："看见了。"你想这话若多两个字"钦此"，岂不成这娘娘底懿旨？我又大声嚷球。他底回答也是一样地庄严，几乎带上"钦此"二字。我跑去把球揪来，对他们说："你们彼此相对道道歉，如何？"到底是男子容易劝。球到她跟前说："我也不知道怎样得罪你。他迫着我向你道歉，我就向你道歉罢。"她望着球，心里愉悦之情早破了她底双颊冲出来。她说："人为什么不能自主到这步田地？连道个歉也要朋友迫着来。"好了，他们重新说起话来了！

她是要男子爱的，所以我能给她办这事。我是要女人爱的，故毋需去瞅睬那人，我在情谊底道上非常诚实，也没有变动，是人先离开的。谁离开，谁得循着自己心境底爱迹归来。我哪能长出千万翅膀飞入苍茫里去找她？再者，他们是醉于爱的人，故能一说再合。我又无爱可醉，犯不着去讨当头一棒底冷话。您想是不是？

给怀霄

▲不能投递之原因——此信遗在道旁,由陈斋夫拾回。

好几次写信给你都从火炉里捎去。我希望当你看见从我信笺上出来那几缕烟在空中飘扬的时候,我底意见也能同时印入你底网膜。

怀霄,我不愿意写信给你的缘故,因为你只当我是有情的人,不当我是有趣的人。我尝对人说,你是可爱的,不过你游戏天地的心比什么都强,人还够不上爱你。朋友们都说我爱你,连你也是这样想,真是怪事!你想男女得先定其必能相爱,然后互相往来么?好人甚多,怎能个个爱恋他?不过这样的成见不止你有,我很可以原谅你。我底朋友,在爱底田园中,当然免不了三风四雨。从来没有不变化的天气能教一切花果开得斑斓,结得磊砢的。你连种子还没下,就想得着果实,便是办不到的。我告诉你,真能下雨的云是一声也不响的。不掉点儿的密云,雷电反发射得弥满天地。所以人家底话,不一定就是事实,请你放心。

男子愿意做女人底好伴侣、好朋友，可不愿意当她们底奴才，供她们使令。他愿意帮助她们，可不喜欢奉承谄媚她们，男子就是男子，媚是女人的事。你若把"女王""女神"底尊号暂时收在锦囊里，一定要得着许多能帮助你的朋友。我知道你底性地很冷酷，你不但不愿意得几位新的好友，或极疏淡的学问之交，连旧的你也要一个一个弃绝掉。嫁了的女朋友，和做了官的男相识，都是不念旧好的。与他们见面时，常竟如路人。你还未嫁，还未做官，不该施行那样的事情。我不是呵责你，也不是生气，——就使你侮辱我到极点，我也不生气。我不过尽我底情劝告你罢了。说到劝告，也是不得已的。这封信也是在万不得已的境遇底下写的。写完了，我还是盼望你收不到。

复少觉

▲不能投递之原因——受信人地址为墨所污，无法投递。

同年的老弟：我知道怀书多病，故月来未尝发信问候，恐惹起她底悲怨。她自说："我有心事万缕，总不愿写出、说出；到无可奈何时节，只得由它化作血丝飘出来。"所以她也不写信告诉我她到底是害什么病。我想她现时正躺在病榻上呢。

唉，怀书底病是难以治好的。一个人最怕有"理想"。理想不但能使人病，且能使人放弃他底性命。她甚至抱着理想的理想，怎能不每日病透二十四小时？她常对我说："有而不完全，宁可不有。"你想"完全"真能在人间找得出来的么？就是遍游亿万尘沙世界，经过庄严劫、贤劫、星宿劫，也找不着呀！不完全的世界怎能有完全的人？她自己也不完全，怎配想得一个完全的男子？纵使世间真有一个完全的男子，与她理想的理想一样，那男子对她未必就能起敬爱。罢了！这又是一种渴鹿趋阳焰的事，即令它有千万蹄，每蹄各具千万翅膀，飞跑到旷野尽处，也不能得点滴的水；何况她还盼望得到绿洲做她底憩息饮食处？朋友们说她是"愚拙的聪明人"，诚然！她真是一个万事伶俐、一时懵懂的女人。她总没想到"完全"是由妖魔画空而成，本来无东西，何能捉得住？多才、多艺、多色、多意想的人最容易犯理想病。因为有了这些，魔便乘隙于她心中画等等极乐；饰等等庄严；造等等偶像；使她这本来辛苦的身心更受造作安乐的刑罚。这刑罚，除了世人以为愚拙的人以外，谁也不能免掉。如果她知道这是魔底诡计，她就泗近解脱底岸边了。"理想"和毒花一样，眼看是美，却拿不得。三家村女也知道开美丽的花的多是毒草，总不敢取来做肴馔，可见真正聪明人还数不到她。自求辛螫的人除用自己底泪来调反省底药饵以外，再没有别样灵方。医生说她外表似冷，内里却中了很深的繁花毒。由毒生热恼，恼极成劳，故呕心有血。我早知她底病源在此，只恨没有神变威力，幻作大白香象，到阿耨达池去，吸取些清凉水来与她灌顶，使她表里俱冷。虽然如此，我还尽力向她劝说，希望她自己能调伏她理想底热毒。我写到这里，接朋友底信说她病得很凶，我得赶紧去看看她。

读《芝兰与茉莉》因而想及我底祖母

正要到哥仑比亚底检讨室里校阅梵籍，和死和尚争虚实，经过我底邮筒，明知每次都是空开底，还要带着希望姑且开来看看。这次可得着一卷东西，知道不是一分钟可以念完底，遂插在口袋里，带到检讨室去。

我正研究唐代佛教在西域衰灭底原因，翻起史太因在和阗所得底唐代文契，一读马令痣同母党二娘向护国寺僧虎英借钱底私契，妇人许十四典首饰契，失名人底典婢契等等，虽很有趣，但掩卷一想，恨当时的和尚只会营利，不顾转法轮，无怪回纥一入，便尔扫灭无余。

为释迦文担忧，本是大愚：会不知成、住、坏、空，是一切法性？不看了，掏出口袋里底邮件，看看是什么罢。

《芝兰与茉莉》。

这名字很香呀！我把纸笔都放在一边，一气地读了半天工夫——从头至尾，一句一字细细地读。这自然比看唐代死和尚底文契有趣。读后底余韵，常绕缭于我心中；像这样的文艺很合我情绪底胃口似地。

读中国底文艺和读中国底绘画一样。试拿山水——西洋画家叫做"风景画"——来做个例：我们打稿（Composition）是鸟瞰的、纵的，所以从近处底溪桥，而山前底村落，而山后底帆影，而远地底云山；西洋风景画是水平的、横的，除水平线上下左右之外，理会不出幽深的、绵远的兴致。所以中国画宜于纵的长方，西洋画宜于横的长方。文艺也是如此：西洋人底取材多以"我"和"我底女人或男子"为主，故属于横的、夫妇的；中华人底取材多以"我"和"我底父母或子女"为主，故属于纵的、亲子的。描写亲子之爱应当是中华人底特长；看近来底作品，究其文心，都函这唯一义谛。

爱亲底特性是中国文化底细胞核，除了它，我们早就要断发短服了！我们将这种特性来和西洋的对比起来，可以说中华民族是爱父母的民族；那边欧西是爱夫妇的民族。因为是"爱父母的"，故叙事直贯，有始有终，源源本本，自自然然地说下来。这"说来话长"底特性——很和拔丝山药一样地甜热而粘——可以从一切作品里找出来。无论写什么，总有从盘古以来说到而今底倾向。写孙悟空总得从猴子成精说起；写贾宝玉总得从顽石变灵说起；这写生生因果底好尚是中华文学底文心，是纵的，是亲子的，所以最易抽出我们底情绪。

八岁时，读《诗经·凯风》和《陟岵》，不晓得怎样，眼泪没得我底同意就流下来。九岁读《檀弓》到"今丘也，东西南北之人也"一段，伏案大哭。先生问我："今天底书并没给你多上，也没生字，为何委屈？"我说："我并不是委屈，我只伤心这'东西南北'四字。"第二天，接着念"晋献公将杀其世子申生"一段，到"天下岂有无父之国哉？"又哭。直到于今，这"东西南北"四个字还能使我一念便伤怀。我尝反省这事，要求其使我哭泣底缘故。不错，爱父母的民族底理想生活便是在这里生、在这里长、在这里聚族、在这里埋葬，东西南北地跑当然是一种可悲的事了。因为离家、离父母、离国是可悲的，所以能和父母、乡党过活底人是可羡的。无论什么也都以这事为准绳：做文章为这一件大事做，讲爱情为这一件大事讲，我才理会我底"上坟瘾"不是我自己所特有，是我所属底民族自盘古以来遗传给我底。你如自己念一念"可爱的家乡啊！我睡眼蒙眬里，不由得不乐意接受你欢迎的诚意"和"明儿……你真要离开我了么"，应作如何感想？

爱夫妇的民族正和我们相反。夫妇本是人为，不是一生下来就铸定了彼此的关系。相逢尽可以不相识，只要各人带着，或有了各人底男女欲，就可以。你到什么地方，这欲跟到什么地方；他可以在一切空间显其功用，所以在文心上无需溯其本源，究其终局，干干脆脆，Just a word，也可以自成段落。爱夫妇的心境本含有一种舒展性和侵略性，所以乐得东西南北，到处地跑。夫妇关系可以随地随时发生，又可以强侵软夺，在文心上当有一种"霸道"、"喜新"、"乐得"、"为我自己享受"底倾向。

总而言之，爱父母的民族底心地是"生"；爱夫妇的民族底心地是"取"。生是相续的；取是广延的。我们不是爱夫妇的民族，故描写夫妇，并不为夫妇而描写夫妇，是为父母而描写夫妇。我很少见——当然是我少见——中国文人描写夫妇时不带着"父母"底色彩；很少见单独描写夫妇而描写得很自然的。这并不是我们不愿描写，是我们不惯描写广延性的文字底缘故。从对面看，纵然我们描写了，人也理会不出来。

《芝兰与茉莉》开宗第一句便是："祖母真爱我！"这已把我底心牵引住了。"祖母爱我"，当然不是爱夫妇的民族所能深味，但它能感我和《檀弓》差不了多少。"垂老的祖母,等得小孩子奉甘旨么?"子女生活是为父母底将来,父母底生活也是为着子女,这永远解不开底结,结在我们各人心中。触机便发表于文字上。谁没有祖父母、父母呢?他们底折磨、担心,都是像夫妇一样有个我性底么?丈夫可以对妻子说:"我爱你,故我要和你同住";或"我不爱你,你离开我罢"。妻子也可以说:"人尽可夫,何必你?"但子女对于父母总不能有这样的天性。所以做父母底自自然然要为子女担忧受苦,做子女底也为父母之所爱而爱,为父母而爱为第一件事。爱既不为我专有,"事之不能尽如人意"便为此说出来了。从爱父母的民族眼中看夫妇底爱是为三件事而起,一是继续这生生底线,二是往溯先人底旧典,三是承纳长幼底情谊。

说起书中人底祖母,又想起我底祖母来了。"事之不能尽如人意者,夫复何言!"我底祖母也有这相同的境遇呀!我底祖母,不说我没见过,连我父亲也不曾见过,因为她在我父亲未生以前就去世了。这岂不是很奇怪的么?不如意的事多着呢!爱祖母底明官,你也愿意听听我说我祖母底失意事么?

八十年前,台湾府——现在的台南——城里武馆街有一家,八个兄弟同一个老父亲同住着,除了第六、七、八底弟弟还没娶以外,前头五个都成家了。兄弟们有做武官底,有做小乡绅底,有做买卖底。那位老四,又不做武官又不做绅士,更不会做买卖;他只喜欢念书,自己在城南立了一所小书塾名叫窥园,在那里一面读,一面教几个小学生。他底清闲,是他兄弟们所羡慕,所嫉妒底。

这八兄弟早就没有母亲了。老父亲很老,管家底女人虽然是妯娌们轮流着当,可是实在的权柄是在一位大姑手里。这位大姑早年守寡,家里没有什么人,所以常住在外家。因为许多弟弟是她帮忙抱大底,所以她对于弟弟们很具足母亲底威仪。

那年夏天,老父亲去世了。大姑当然是"阃内之长",要督责一切应办事宜底。早晚供灵底事体,照规矩是媳妇们轮着办底。那天早晨该轮到四弟妇上供了。四弟妇和四弟是不上三年底夫妇,同是二十多岁,情爱之浓是不消说底。

大姑在厅上嚷:"素官,今早该你上供了。怎么这时候还不出来?"

居丧不用粉饰面,把头发理好,也毋需盘得整齐,所以晨妆很省事。她坐在妆台前,嚼槟榔,还吸一管旱烟。这是台湾女人们最普遍的嗜好。有些女人喜欢学土人把牙齿染黑了,她们以为牙齿白得像狗底一样不好看,将槟榔和着荖叶、熟灰嚼,日子一久,就可以使很白的牙齿变为漆黑。但有些女人是喜欢白牙底,她们也嚼槟榔,不过把灰减去就可以。她起床,漱口后第一件事是嚼槟榔,为底是使牙齿白而坚固。外面大姑底叫唤,她都听不见,只是嚼着;还吸着烟在那里出神。

四弟也在房里,听见姊姊叫着妻子,便对她说:"快出去罢。姊姊要生气了。"

"等我嚼完这口槟榔,吸完这口烟才出去。时候还早咧。"

"怎么你不听姊姊底话?"

"为什么要听你姊姊底话?你为什么不听我底话?"

"姊姊就像母亲一样。丈夫为什么要听妻子底话?"

"'人未娶妻是母亲养底,娶了妻就是妻子养底。'你不听妻子底话,妻子可要打你,好像打小孩子一样。"

"不要脸,哪里来得这么大的孩子!我试先打你一下,看你打得过我不。"老四带着嬉笑的样子,拿着拓扇向妻子底头上要打下去。妻子放下烟管,一手抢了扇子,向着丈夫底额头轻打了一下,"这是谁打谁了!"

夫妇们在殡前是要在孝堂前后底地上睡底,好容易到早晨同进屋里略略梳洗一下,借这时间谈谈。他对于享尽天年底老父亲底悲哀,自然盖不过对于婚媾不久的夫妇底欢愉。所以，外头虽然尽其孝思；里面底"琴瑟"还是一样地和鸣。中国底天地好像不许夫妇们在丧期里有谈笑底权利似地。他们在闹玩时，门帘被风一吹，可巧被姊姊看见了。姊姊见她还没出来，正要来叫她，从布帘飞处看见四弟妇拿着拓扇打四弟，那无明火早就高起了一万八千丈。

"哪里来底泼妇，敢打她底丈夫！"姊姊生气嚷着。

老四慌起来了。他挨着门框向姊姊说："我们闹玩，没有什么事。"

"这是闹玩底时候么？怎么这样懦弱，教女人打了你，还替她说话？我非问她外家，看看这是什么家教不可。"

他退回屋里，向妻子伸伸舌头，妻子也伸着舌头回答他。但外面越呵责越厉害了。越呵责，四弟妇越不好意思出去上供；越不敢出去越要挨骂，妻子哭了。他在旁边站着，劝也不是，慰也不是。

她有一个随嫁底丫头，听得姑太越骂越有劲，心里非常害怕。十三四岁底女孩，哪里会想事情底关系如何？她私自开了后门，一直跑回外家，气喘喘地说："不好了！我们姑娘被他家姑太骂得很厉害，说要赶她回来咧！"

亲家爷是个商人，头脑也很率直，一听就有了气，说："怎样说得这样容易——要就取去，不要就扛回来？谁家养女儿是要受别人底女儿欺负底？"他是个杂货行主，手下有许多工人，一号召，都来聚在他面前。他又不打听到底是怎么一回事，对着工人们一气地说："我家姑娘受人欺负了。你们替我到许家去出出气。"工人一轰，就到了那有丧事底亲家门前，大兴问罪之师。

里面底人个个面对面呈出惊惶的状态。老四和妻子也相对无言，不晓得要怎办才好。外面底人们来得非常横逆，经兄弟们许多解释然后回去。姊姊更气得凶，跑到屋里，指着四弟妇大骂特骂起来。

"你这泼妇，怎么这一点点事情，也值得教外家底人来干涉？你敢是依仗你家里多养了几个粗人，就来欺负我们不成？难道你不晓得我们诗礼之家在丧期里要守制底么？你不孝的贱人，难道丈夫叫你出来上供是不对的，你就敢用扇头打他？你已犯七出之条了，还敢起外家来闹？好，要吃官司，你们可以一同上堂去，请官评评。弟弟是我抱大底，我总可以做抱告。"

妻子才理会丫头不在身边。但事情已是闹大了，自己不好再辩，因为她知道大姑底脾气，越辩越惹气。

第二天早晨，姊姊召集弟弟们在灵前，对他们说："像这样的媳妇还要得么？我想待一会，就扛她回去。"这大题目一出来，几个弟弟都没有话说；最苦的就是四弟了。他知道"扛回去"就是犯"七出之条"时"先斩后奏"底办法，就颤声地向姊姊求情。姊姊鄙夷他说："没志气的懦夫，还敢要这样的妇人么？她昨日所说底话我都听见了。女子多着呢，日后我再给你挑个好的。我们已预备和她家打官司，看看是礼教有势，还是她家工人底力量大。"

当事的四弟那时实在是成了懦夫了！他一点勇气也没有，因为这"不守制"、"不敬夫"底罪名太大了，他自己一时也找不出什么话来证明妻子底无罪，有赦免底余地。他跑进房里，妻子哭得眼都肿了。他也哭着向妻子说："都是你不好！"

"是，……是……我我……我不好，我对对……不起你！"妻子抽噎着说。丈夫也没有什么话可安慰她，只挨着她坐下，用手抚着她底脖项。

果然，姊姊命人雇了一顶轿子，跑进房里，硬把她扶出来，把她头上底白麻硬换上一缕红丝，送她上轿去了。这意思就是说她此后就不是许家底人，可以不必穿孝。

"我有什么感想呢？我该有怎样的感想呢？懦夫呵！你不配靦颜在人世，就这样算了么？自私的我，却因为不贯彻无勇气而陷到这种地步，夫复何言！"当时他心里也未必没有这样的语言。他为什么懦弱到这步田地？要知道他原不是生在为夫妇的爱而生活底地方呀！

王亲家看见平地里把女儿扛回来，气得在堂上发抖。

女儿也不能说什么，只跪在父亲面前大哭。老亲家口口声声说要打官司，女儿直劝无需如此，是她底命该受这样折磨底，若动官司只能使她和丈夫吃亏，而且把两家底仇恨结得越深。

老四在守制期内是不能出来底。他整天守着灵想妻子。姊姊知道他底心事，多方地劝慰他。姊姊并不是深恨四弟妇，不过她很固执，以为一事不对就事事不对，一时不对就永远不对。她看"礼"比夫妇底爱要紧。礼是古圣人定下来，历代的圣贤亲自奉行底。妇人呢？这个不好，可以挑那个。所以夫妇底配合只要有德有貌，像那不德、无礼的妇人，尽可以不要。

出殡后，四弟仍到他底书塾去。从前，他每夜都要回武馆街去底，自妻去后，就常住在窥园。他觉得一到妻子房里冷清清地，一点意思也没有，不如在书房伴着书眠还可以忘其愁苦。唉，情爱被压底人都是要伴书眠底呀！

天色晚，学也散了。他独在园里一棵芒果树下坐着发闷。妻子底随嫁丫头蓝从园门直走进来，他虽熟视着，可像不理会一样。等到丫头叫了他一声"姑爷"，他才把着她底手臂，如见了妻子一般。他说："你怎么敢来？……姑娘好么？"

"姑娘命我来请你去一趟。她这两天不舒服，躺在床上哪,她吩咐掌灯后才去,恐怕人家看见你,要笑话你。"

她说完,东张西望,也像怕人看见她来,不一会就走了。那几点钟底黄昏偏又延长了,他好容易等到掌灯时分!他到妻子家里,丫头一直就把他带到楼上,也不敢教老亲家知道。妻子底面比前几个月消瘦了,他说:"我底……"他说不下去了,只改过来说:"你怎么瘦得这个样子!"

妻子躺在床上也没起来,看见他还站着出神,就说:"为什么不坐,难道你立刻要走么?"她把丈夫揪近床沿坐下,眼对眼地看着。丈夫也想不出什么话来说,想分离后第一次相见底话是很难起首底。

"你是什么病?"

"前两天小产了一个男孩子!"

丈夫听这话,直像喝了麻醉药一般。

"反正是我底罪过大,不配有福分,连从你得来底孩子也不许我有了。"

"不要紧的,日后我们还可以有五六个。你要保养保养才是。"

妻子笑中带着很悲哀的神彩说:"痴男子,既休的妻还能有生子女底荣耀么?"说时,丫头递了一盏龙眼干甜茶来。这是台湾人待生客和新年用底礼茶。

"怎么给我这茶喝,我们还讲礼么?"

"你以后再娶，总要和我生疏底。"

"我并没休你。我们底婚书，我还留着呢。我，无论如何，总要想法子请你回去底；除了你，我还有谁？"

丫头在旁边插嘴说："等姑娘好了，立刻就请她回去罢。"

他对着丫头说："说得很快，你总不晓得姑太和你家主人都是非常固执，非常喜欢赌气，很难使人进退底。这都是你弄出来底。事已如此，夫复何言！"

小丫头原是不懂事，事后才理会她跑回来报信底关系重大。她一听"这都是你弄出来底"，不由得站在一边哭起来。妻子哭，丈夫也哭。

一个男子底心志必得听那寡后回家当姑太底姊姊使令么？当时他若硬把妻子留住，姊姊也没奈他何，最多不过用"礼教底棒"来打他而已。但"礼教之棒"又真可以打破人底命运么？那时候，他并不是没有反抗礼教底勇气，是他还没得着反抗礼教底启示。他心底深密处也会像吴明远那样说："该死该死！我既爱妹妹，而不知护妹妹；我既爱我自己，而不知为我自己着想；我负了妹妹，我误了自己！事原来可以如人意，而我使之不能；我之罪恶岂能磨灭于万一，然而赴汤蹈火，又何足偿过失于万一呢？你还敢说'事已如此，夫复何言'么？"

四弟私会出妻底事，教姊姊知道，大加申斥，说他没志气。不过这样的言语和爱情没有关系。男女相待遇本如大人和小孩一样。若是男子爱他底女人，他对于她底态度、语言、动作，都有父亲对女儿底倾向；反过来说，女人对于她所爱底男子也具足母亲对儿子底倾向。若两方都是爱者，他们同时就是被爱者，那是说他们都自视为小孩子，故彼此间能吐露出真性情来。小孩们很愿替他们底好朋友担忧、受苦、用力；有情的男女也是如此。所以姊姊底申斥不能隔断他们底私会。

妻子自回外家后，很悔她不该贪嚼一口槟榔，贪吸一管旱烟，致误了灵前底大事。此后，槟榔不再入她底口，烟也不吸了。她要为自己底罪过忏悔，就吃起长斋来。就是她亲爱底丈夫有时来到，很难得的相见时，也不使他挨近一步，恐怕玷了她底清心。她只以念经绣佛为她此生唯一的本分，夫妇的爱不由得不压在心意底崖石底下。

十几年中，他只是希望他岳丈和他姊姊底意思可以挽回于万一。自己底事要仰望人家，本是很可怜的。亲家们一个是执拗，一个是赌气，因之光天化日底时候难以再得。

那晚上，他正陪姊姊在厅上坐着，王家底人来叫他。姊姊不许说："四弟，不许你去。"

"姊姊，容我去看她一下罢。听说她这两天病得很厉害,人来叫我,当然是很要紧的,我得去看看。"

"反正你一天不另娶,是一天忘不了那泼妇底。城外那门亲给你讲了好几年,你总是不介意。她比那不知礼的妇人好得多——又美、又有德。"

这一次,他觉得姊姊底命令也可以反抗了。他不听这一套,径自跑进屋里,把长褂子一披,匆匆地出门。姊姊虽然不高兴,也没法揪他回来。

到妻子家,上楼去。她躺在床上,眼睛半闭着,病状已很凶恶。他哭不出来,走近前,摇了她一下。

"我底夫婿,你来了!好容易盼得你来!我是不久的人了,你总要为你自己的事情打算;不要像这十几年,空守着我,于你也没有益处。我不孝已够了,还能使你再犯不孝之条么?——'不孝有三,无后为大。'"

"孝不孝是我底事;娶不娶也是我底事。除了你,我还有谁?"

这时丫头也站在床沿。她已二十多岁,长得越妩媚、越懂事了。她底反省,常使她起一种不可言喻的伤心,使她觉得她永远对不起面前这位垂死的姑娘和旁边那位姑爷。

垂死的妻子说:"好罢,我们底恩义是生生世世的。你看她,"她撮嘴指着丫头,用力往下说,"她长大了。事情既是她弄出来底,她得替我偿还。"她对着丫头说:"你愿意么?"丫头红了脸,不晓得要怎样回答。她又对丈夫说:"我死后,她就是我了。你如记念我们旧时的恩义,就请带她回去,将来好替我……"

她把丈夫底手拉去,使他揸住丫头底手,随说:"唉,子女是要紧的,她将来若能替我为你养几个子女,我就把她从前的过失都宽恕了。"

妻子死后好几个月,他总不敢向姊姊提起要那丫头回来。他实在是很懦弱的,不晓怎样怕姊姊会怕到这地步!

离王亲家不远住着一位老妗婆。她虽没为这事担心,但她对于事情底原委是很明了底。正要出门,在路上遇见丫头,穿起一身素服,手挽着一竹篮东西,她问:"蓝,你要到哪里去?"

"我正要上我们姑娘底坟去。今天是她底百日。"

老妗婆一手扶着杖,一手捏着丫头底嘴巴,说:"你长得这么大了,还不回武馆街去么?"丫头低下头,没回答她。她又问:"许家没意思要你回去么?"

从前的风俗对于随嫁底丫头多是预备给姑爷收起来做二房底,所以妗婆问得很自然。丫头听见"回去"两字,本就不好意思,她双眼望着地上,摇摇头,静默地走了。

妗婆本不是要到武馆街去底,自遇见丫头以后,就想她是个长辈之一,总得赞成这事。她一直来投她底甥女,也叫四外甥来告诉他应当办底事体。姊姊被妗母一说，觉得再没有可固执底了，说："好罢，明后天预备一顶轿子去扛她回来就是。"

四弟说："说得那么容易？要总得照着娶继室底礼节办；她底神主还得请回来。"

姊姊说："笑话，她已经和她底姑娘一同行过礼了，还行什么礼？神主也不能同日请回来底。"

老妗母说："扛回来时，请请客，当做一桩正事办也是应该底。"

他们商量好了，兄弟也都赞成这样办。"这种事情，老人家最喜欢不过"，老妗母在办事底时候当然是一早就过来了。

这位再回来底丫头就是我底祖母了。所以我有两个祖母，一个是生身祖母，一个是常住在外家底"吃斋祖母"——这名字是母亲给我们讲祖母底故事时所用底题目。又"丫头"这两个字是我家底"圣讳"，平常是不许说底。

我又讲回来了。这种父母的爱底经验，是我们最能理会底。人人经验中都有多少"祖母的心"、"母亲"、"祖父"、"爱儿"等等事迹，偶一感触便如悬崖泻水，从盘古以来直说到于今。我们底头脑是历史的，所以善用这种才能来描写一切的事故。又因这爱父母底特性，故在作品中，任你说到什么程度，这一点总抹杀不掉。我爱读《芝兰与茉莉》，因为它是源源本本地说，用我们经验中极普遍的事实触动我。我想凡是有祖母底人，一读这书，至少也会起一种回想底。

书看完了，回想也写完了，上课底钟直催着。现在的事好像比往事要紧，故要用工夫来想一想祖母底经历也不能了！大概她以后底境遇也和书里底祖母有一两点相同罢。

写于哥仑比亚图书馆四一三号，检讨室，

十三年，二月，十日。

落花生

我们屋后有半亩隙地。母亲说:"让他荒芜着怪可惜,既然你们那么爱吃花生,就辟来做花生园罢。"我们几姊弟和几个小丫头都很喜欢——买种底买种,动土底动土,灌园底灌园;过不了几个月,居然收获了!

母亲说:"今晚我们可以做一个收获节,也请你们爹爹来尝尝我们底新花生,如何?"我们都答应了。母亲把花生做成好几样底食品,还吩咐这节期要在园里底茅亭举行。

那晚上底天色不大好,可是爹爹也到来,实在很难得!爹爹说:"你们爱吃花生么?"

我们都争着答应:"爱!"

"谁能把花生底好处说出来?"

姊姊说："花生底气味很美。"

哥哥说："花生可以制油。"

我说："无论何等人都可以用贱价买他来吃；都喜欢吃他。这就是他底好处。"

爹爹说："花生底用处固然很多；但有一样是很可贵的。这小小的豆不像那好看的苹果、桃子、石榴，把他们底果实悬在枝上，鲜红嫩绿的颜色，令人一望而发生羡慕底心。他只把果子埋在地底，等到成熟，才容人把他挖出来。你们偶然看见一棵花生瑟缩地长在地上，不能立刻辨出他有没有果实，非得等到你接触他才能知道。"

我们都说："是的。"母亲也点点头。爹爹接下去说："所以你们要像花生，因为他是有用的，不是伟大、好看的东西。"我说："那么，人要做有用的人，不要做伟大、体面的人了。"爹爹说："这是我对于你们底希望。"

我们谈到夜阑才散，所有花生食品虽然没有了，然而父亲底话现在还印在我心版上。

我的童年

序　言

　　每当茶余饭后，或是在天棚纳凉的时候，亲爱的父亲常常揽着我们讲故事，说笑话，回想起来不尽地愉快。更想到我们有时彼此追逐为戏，妈妈当母鸡，我们兄妹两个当小鸡，爸爸当老鹰，常常被爸爸捉住抱起来打屁股。间或我同小妹跳飞机、造房子玩，意见冲突的时候，爸爸总是跑过来做种种滑稽的跳法，引得大家大笑为止。我同爸爸着棋的时候也很多，爸爸几时都是兴趣浓厚，不以为是同小孩子玩而马糊让步，因此我常常输棋，输了再来，或是一笑结局。爸爸拍着我说："小苓子，有器量。"我们的小朋友来了，爸爸得闲的时候，最喜欢领导着我们玩，记得祖父在时，曾说过："地山就是一个孩子头儿。"

爸爸几时都是满面春风，从不见他有不愉之色，尤其对于穷苦的人们，温和备至。自抗战以来，难民到我们家门口，或是到大学的中文学院找爸爸帮助的，络绎不绝，爸爸总是尽力替他们设法，送钱，找事，或是送入救济所。记得有一次，我们在中文学院门口等爸爸一同回家，看见他挽扶着一个衣裳褴褛的老者，从石阶一步一步地下来，原来也是一个贫病求助的。事情并不稀奇，但是感动了我，指示了我应当怎样做人。

爸爸每日极忙，早晨八点去大学，一点回家午膳，两点再去，直到六点或七点才回家。在学校除教课及办校务外，总看见他在读书，写卡片，预备写书的材料。所以他写小说一类的文章，是在清早四点到六点之间，写一个段落又回到床上去睡，七点再起来。

爸爸为我们讲他小时候的故事，很多有趣的。但是段段落落没有连贯，我要求他把它写出来。他说："好，你们听话，我有空闲的时候就写。"哪知道写不到两三段，我那最可爱可敬的父亲，竟舍弃我们而去。想他不见，叫他不应，他是永远不回到我们身边来了。但是他的形影精神，深刻在我们的脑里，永世不会消灭的。

云姊姊来安慰我们，她说小朋友们都记念着爸爸，要我将爸爸所写的《童年》交她刊在《新儿童》上，虽然是没有完的文章，也可以聊慰记念着爸爸的小朋友。凡是爸爸从前向我们讲过的，尽我的记忆所能，我要把它续写在后面，使小朋友不至于太失望。爸爸有知，也许在含笑向着我们点头。

苓仲泣书　一九四一年

延平郡王祠边

小时候的事情是很值得自己回想底。父母底爱固然是一件永远不能再得底宝贝，但自己的幼年的幻想与情绪也像叆叇的孤云随着旭日升起以后，飞到天顶，便渐次地消失了。现在所留底不过是强烈的后象，以相反的色调在心头映射着。

出世后几年间是无知的时期，所能记底只是从家长们听得关于自己底零碎事情，虽然没什么趣味，却不妨记记实。在公元一八九三年二月十四日，正当光绪十九年十二月二十八底上午丑时，我生于台湾台南府城延平郡王祠边的窥园里。这园是我祖父置底。出门不远，有一座马伏波祠，本地人称为马公庙，称我们的家为马公庙许厝。我的乳母求官是一个佃户的妻子，她很小心地照顾我。据母亲说，她老不肯放我下地，一直到我会在桌上走两步底时候，她才惊讶地嚷出来："丑官会走了！"叔丑是我底小名，因为我是丑时生底。母亲姓吴，兄弟们都称她叫"姬"，是我们几弟兄跟着大哥这样叫底，乡人称母亲为"阿姐""阿姨""乃娘"，却没有称"姬"底，家里叔伯兄弟们称呼他们底母亲，也不是这样，所以"姬"是我们几兄弟对母亲所用底专名。

　　姬生我底时候是三十多岁，她说我小的时候，皮肤白得像那刚退皮底小螳螂一般。这也许不是赞我，或者是由乳母不让我出外晒太阳的原故。老家底光景，我一点印象也没有。在我还不到一周年底时候，中日战争便起来了。台湾底割让，迫着我全家在一八九六年□日离开乡里。姬在我幼年时常对我说当时出走底情形，我现在只记得几件有点意思底，一件是她在要安平上船以前，到关帝庙去求签，问问台湾要到几时才归中国。签诗大意回答她底大意说，中国是像一株枯杨，要等到它底根上再发新芽底时候才有希望。深信着台湾若不归还中国，她定是不能再见到家门底。但她永远不了解枯树上发新枝是指什么，这谜到她去世时还在猜着。她自逃出来以后就没有回去过。第二件可纪念底事，是她在猪圈里养了一只"天公猪"，临出门底时候，她到栏外去看它，流着泪对它说："公猪，你没有福分上天公坛了，再见吧。"那猪也像流着泪，用那断藕般底鼻子嗅着她底手，低声呜呜地叫着。台湾底风俗男子生到十三四岁底年纪，家人必得为他抱一只小公猪来养着，等到十六岁上元日，把它宰来祭上帝。所以管它叫"天公猪"，公猪由主妇亲自豢养底，三四年之中，不能叫它生气、吃惊、害病等。食料得用好的，绝不能把污秽的东西给它吃，也不能放它出去游荡像平常的猪一般。更不能容它与母猪在一起。换句话，它是一只预备做牺牲的圣畜。我们家那只公猪是为大哥养的。他那年已过了十三岁。她每天亲自养它，已经快到一年了。公猪看见她到栏外格外显出亲切的情谊。她说的话，也许它能理会几分。我们到汕头三个月以后，得着看家的来信，说那公猪自从她去后，就不大肯吃东西，渐渐地瘦了，不到半年公猪竟然死了。她到十年以后还在想念着它。她叹息公猪没福分上天公坛，大哥没福分用一只自豢底圣畜。故乡底风俗男子生后三日剃胎发，必在囟门上留一撮，名叫"囟鬚"。长了许剪不许剃，必得到了十六岁的上元日设坛散礼玉皇上帝及天宫，在神前剃下来。用红线包起，放在香炉前和公猪一起供着，这是古代冠礼底遗意。

还有一件是妪养的一双绒毛鸡。广东叫做竹丝鸡，很能下蛋。她打了一双金耳环带在它底碧色的小耳朵上。临出门的时候,她叫看家好好地保护它。到了汕头之后,又听见家里出来底人说,父亲常骑的那匹马被日本人牵去了。日本人把它上了铁蹄。它受不了,不久也死了。父亲没与我们同走。他带着国防兵在山里,刘永福又要他去守安平。那时民主国底大势已去,在台南底刘永福,也没有什么办法,只好预备走。但他又不许人多带金银,在城门口有他底兵搜查"走反"的人民。乡人对于任何变化都叫作"反"。反朱一贵,反戴万生,反法兰西,都曾大规模逃走到别处去。乙未年底"走日本反"恐怕是最大的"走"了。妪说我们出城时也受过严密底检查。因为走得太仓卒,现银预备不出来。所带底只有十几条纹银,那还是到大姑母底金铺现兑底。全家人到城门口,已是拥挤得很。当日出城底有大伯父一支五口,四婶一支四口,妪和我们姊弟六口,还有杨表哥一家,和我们几兄弟底乳母及家丁等七八口,一共二十多人。先坐牛车到南门外自己的田庄里过一宿,第二天才出安平乘竹筏上轮船到汕头去。妪说我当时只穿着一套夏布衣服;家里底人穿底都是夏天衣服,所以一到汕头不久,很费了事为大家做衣服。我到现在还仿佛地记忆着我是被人抱着在街上走,看见满街上人拥挤得很,这是我最初印在我脑子里底经验。自然当时不知道是什么,依通常计算虽叫做三岁，其实只有十八个月左右。一切都是很模糊的。

我家原是从揭阳移居于台湾底。因为年代远久，族谱里底世系对不上，一时不能归宗。爹底行止还没一定，所以暂时寄住在本家底祠堂里。主人是许子荣先生与子明先生二位昆季，我们称呼子荣为太公，子明为三爷。他们二位是爹底早年的盟兄弟。祠堂在桃都底的围村，地方很宏敞。我们一家都住得很舒适。太公的二少爷是个秀才，我们称他为杞南兄，大少爷在广州经商，我们称他做梅坡哥。祠堂底右边是杞南兄住着，我们住在左边的一段。姬与我们几兄弟住在一间房。对面是四婶和她底子女住。隔一个天井，是大伯父一家住。大哥与伯父底儿子辛哥住伯父底对面房。当中各隔着一间一厅。大伯底姨太清姨和逊姨住左厢房，杨表哥住外厢房，其余乳母工人都在厅上打铺睡。这样算是在一个小小的地方安顿了一家子。

祠堂前头有一条溪，溪边有蔗园一大区，我们几个小弟兄常常跑到园里去捉迷藏；可是大人们怕里头有蛇，常常不许我们去。离蔗园不远的地方还有一区果园，我还记得柚子树很多。到开花底时候，一阵阵的清香教人闻到觉得非常愉快；这气味好像现在还有留着。那也许是我第一次自觉在树林里遨游。在花香与蜂闹底树下，在地上玩泥土，玩了大半天才被人叫回家去。

妪是不喜欢我们到祠堂外去底，她不许我们到水边玩，怕掉在水里；不许到果园里去，怕糟蹋人家底花果；又不许到蔗园去，怕被蛇咬了。离祠堂不远通到村市底那道桥，非有人领着，是绝对不许去底，若犯了她底命令，除掉打一顿之外，就得受缔佛的刑罚。缔佛是从乡人迎神赛会时把偶像缔结在神舆上以防倾倒底意义得来底，我与叔庚被缔底时候次数最多，几乎没有一天不"缔"整个下午。

无法投递之邮件（续）

一　给怜生

偶出郊外，小憩野店，见绿榕叶上糁满了黄尘。树根上坐着一个人，在那里呻吟着。袤说大概又是常见底那叫化子在那里演着动人同情或惹人憎恶底营生法术罢。我喝过一两杯茶，那凄楚的声音也和点心一齐送到我面前，不由得走到树下，想送给那人一些吃底用底。我到他跟前，一看见他底脸，却使我失惊。怜生，你说他是谁？我认得他，你也认得他。他就是汕市那个顶会弹三弦底殷师。你记得他一家七八口就靠着他那十个指头按弹出底声音来养活底。现在他对我说他底一只手已留在那被贼格杀底城市里。他底家也教毒火与恶意毁灭了。他见人只会嚷："手——手——手！"再也唱不出什么好听底歌曲来。他说："求乞也求不出一只能弹底手，白活着是无意味的。"我安慰他说："这是贼人行凶底一个实据，残废也有残废生活底办法，乐观些罢。"他说："假使贼人切掉他一双脚，也比去掉他一个指头强。有完全底手，还可以营谋没惭愧底生活。"我用了许多话来鼓励他，最后对他说："一息尚存，机会未失。独臂擎天，事在人为。把你底遭遇唱出来，没有一只手，更能感动人，使人人底手举起来，为你驱逐丑贼。"他沉吟了许久，才点了头。我随即扶他起来。他底脸黄瘦得可怕，除掉心情底愤怒和哀伤以外，肉体上底饥饿、疲乏和感冒，都聚在他身上。

我们同坐着小车，轮转得虽然不快，尘土却随着车后卷起一阵阵的黑旋风。头上一架银色飞机掠过去。殷师对于飞机已养成一种自然的反射作用，一听见声音就蜷伏着。袋说那是自己的，他才安心。回到城里，看见报上说，方才那机是专载烤火鸡到首都去给夫人小姐们送新年礼底。好贵重底礼物！它们是越过满布残肢尸体底战场、败瓦颓垣底村镇，才能安然地放置在粉香脂腻底贵女和她们底客人面前。希望那些烤红底火鸡，会将所经历底光景告诉她们。希望它们说：我们底人民，也一样地给贼人烤着吃咧！

二　答寒光

你说你佩服近来流行底口号：革命是不择手段底。我可不敢赞同。革命是为民族谋现在与将来的福利底伟大事业，不像泼一盆脏水那么简单。我们要顾到民族生存底根本条件，除掉经济生活以外，还要顾到文化生活。纵然你说在革命的过程中文化生活是不重要的，因为革命便是要为民族制造一个新而前进的文化，你也得做得合理一点，经济一点。

革命本来就是达到革新目的底手段。要达到目的地，本来没限定一条路给我们走。但是有些是崎岖路，有些是平坦途，有些是捷径，有些是远道。你在这些路程上，当要有所选择。如你不择道路，你就是一个最笨的革命家。因为你为选择了那条崎岖又复辽远的道路，你岂不是白糟蹋了许多精力、时间与物力？领导革命从事革命底人，应当择定手段。他要执持信义、廉耻、振奋、公正等等精神的武器，踏在共利互益的道路上，才能有光明的前途。要知道不问手段去革命，只那手段有时便可成为前途最大的障碍。何况反革命者也可以不问手段地摧残你底工作？所以革命要择优越的、坚强的与合理的手段；不择手段底革命是作乱,不是造福。你赞同我的意思罢!写到此处,忽觉冷气袭人,于是急开窗户,移座近火,也算卫生上所择底手段罢,一笑。

雍来信说她面貌丑陋,不敢登场。我已回信给她说,戏台上底人物不见得都美,也许都比她丑。只要下场时留得本来面目,上场显得自己性格,涂朱画墨,有何妨碍?

三 给华妙

瑰容她底儿子加入某种秘密工作。孩子也干得很有劲。他看不起那些不与他一同工作底人们,说他们是活着等死。不到几个月,秘密机关被日人发现,因而打死了几个小同志。他幸而没被逮去,可是工作是不能再进行了,不得已逃到别处去。他已不再干那事,论理就该好好地求些有用的知识,可是他野惯了,一点也感觉不到知识底需要。他不理会他们底秘密底失败是由组织与联络不严密和缺乏知识,他常常举出他底母亲为例,说受了教育只会教人越发颓废,越发不振作,你说可怜不可怜!

瑰呢?整天要钱。不要钱,就是跳舞;不跳舞,就是……总而言之,据她底行为看来,也真不像是鼓励儿子去做救国工作底母亲。她底动机是什么,可很难捉摸。不过我知道她底儿子当对她底行为表示不满意。她也不喜欢他在家里，尤其是有客人来找她底时候。

　　前天我去找她，客厅里已有几个欧洲朋友在畅谈着。这样的盛会，在她家里是天天有底。她在群客当中，打扮得像那样的女人。在谈笑间，常理会她那抽烟、耸肩、瞟眼底姿态，没一样不是表现她底可鄙。她偶然离开屋里，我就听见一位外宾低声对着他底同伴说："她很美，并且充满了性的引诱。"另一位说："她对外宾老是这样的美利坚化。……受欧美教育底中国妇女，多是擅于表欧美的情底，甚至身居重要地位底贵妇也是如此。"我是装着看杂志，没听见他们底对话，但心里已为中国文化掉了许多泪。华妙，我不是反对女子受西洋教育，我反对一切受西洋教育底男女忘记了自己是什么样人，自己有什么文化。大人先生们整天在讲什么"勤俭""朴素""新生活""旧道德"，但是节节失败在自己底家庭里头，一想起来，除掉血，还有什么可呕底？

春底林野

无论哪一季,登景山最合宜的时间是在清早或下午三点以后。

暗　途

"我底朋友，且等一等，待我为你点着灯，才走。"

吾威听见他底朋友这样说，便笑道："哈哈，均哥，你以我为女人么？女人在夜间走路才要用火；男子，又何必呢？不用张罗，我空手回去罢，——省得以后还要给你送灯回来。"

吾威底村庄和均哥所住底地方隔着几重山，路途崎岖得很厉害。若是夜间要走那条路，无论是谁，都得带灯。所以均哥一定不让他暗中摸索回去。

均哥说："你还是带灯好。这样底天气，又没有一点月影，在山中，难保没有危险。"

吾威说："若想起危险，我就回去不成了……"

"那么，你今晚上就住在我这里，如何？"

"不，我总得回去，因为我底父亲和妻子都在那边等着我呢。"

"你这个人，太过执拗了。没有灯，怎么去呢？"均哥一面说，一面把点着底灯切切地递给他。他仍是坚辞不受。

他说："若是你定要叫我带着灯走，那教我更不敢走。"

"怎么呢？"

"满山都没有光，若是我提着灯走，也不过是照得三两步远；且要累得满山底昆虫都不安。若凑巧遇见长蛇也冲着火光走来，可又怎办呢？再说，这一点的光可以把那照不着底地方越显得危险，越能使我害怕。在半途中，灯一熄灭，那就更不好办了。不如我空着手走，初时虽觉得有些妨碍，不多一会，什么都可以在幽暗中辨别一点。"

他说完，就出门。均哥还把灯提在手里，眼看着他向密林中那条小路穿进去，才摇摇头说："天下竟有这样怪人！"

吾威在暗途中走着，耳边虽常听见飞虫、野兽底声音，然而他一点害怕也没有。在蔓草中，时常飞些萤火出来，光虽不大，可也够了。他自己说："这是均哥想不到，也是他所不能为我点底灯。"

那晚上他没有跌倒；也没有遇见毒虫野兽；安然地到他家里。

万物之母

在这经过离乱底村里，荒屋破篱之间，每日只有几缕零零落落的炊烟冒上来；那人口底稀少可想而知。你一进到无论哪个村里，最喜欢遇见底，是不是村童在阡陌间或园圃中跳来跳去；或走在你前头，或随着你步后模仿你底行动？村里若没有孩子们，就不成村落了。在这经过离乱底村里，不但没有孩子，而且有（人）向你要求孩子！

这里住着一个不满三十岁底寡妇，一见人来，便要求，说："善心善行的人，求你对那位总爷说，把我底儿子给回。那穿虎纹衣服、戴虎儿帽底便是我底儿子。"

他底儿子被乱兵杀死已经多年了。她从不会忘记：总爷把无情的剑拔出来底时候，那穿虎纹衣服底可怜儿还用双手招着,要她搂抱。她要跑去接底时候,她底精神已和黄昏底霞光一同麻痹而熟睡了。唉,最惨的事岂不是人把寡妇怀里底独生子夺过去,且在她面前害死吗?要她在醒后把这事完全藏在她记忆底多宝箱里,可以说,比剖芥子来藏须弥还难。

她底屋里排列了许多零碎的东西;当时她儿子玩过的小团也在其中。在黄昏时候,她每把各样东西抱在怀里说:"我底儿,母亲岂有不救你,不保护你底?你现在在我怀里咧。不要作声,看一会人来又把你夺去。"可是一过了黄昏,她就立刻醒悟过来,知道那所抱底不是她底儿子。

那天,她又出来找她底"命"。月底光明蒙着她,使她在不知不觉间进入村后底山里。那座山,就是白天也少有人敢进去,何况在盛夏底夜间,杂草把樵人底小径封得那么严!她一点也不害怕,攀着小树,缘着茑萝,慢慢地上去。

她坐在一块大石上歇息,无意中给她听见了一两声底儿啼。她不及判别,便说:"我底儿,你藏在这里么?我来了,不要哭啦。"

她从大石下来,随着声音底来处,爬入石下一个洞里。但是里面一点东西也没有。她很疲乏,不能再爬出来,就在洞里睡了一夜。

第二天早晨，她醒时，心神还是非常恍惚。她坐在石上，耳边还留着昨晚上底儿啼声。这当然更要动她底心，所以那方从霭云被里钻出来的朝阳无力把她脸上和鼻端底珠露晒干了。她在瞻顾中，才看出对面山岩上坐着一个穿虎纹衣服底孩子。可是她看错了！那边坐着底，是一只虎子；它底声音从那边送来很像儿啼。她立即离开所坐底地方，不管当中所隔底谷有多么深，尽管攀缘着，向那边去。不幸早露未干，所依附底都很湿滑，一失手，就把她溜到谷底。

她昏了许久才醒回来。小伤总免不了，却还能够走动。她爬着，看见身边暴露了一副小骷髅。

"我底儿，你方才不是还在山上哭着么？怎么你母亲来得迟一点，你就变成这样？"她把骷髅抱住，说，"呀，我底苦命儿，我怎能把你医治呢？"悲苦尽管悲苦，然而，自她丢了孩子以后，不能不算这是她第一次底安慰。

从早晨直到黄昏，她就坐在那里，不但不觉得饿，连水也没喝过。零星几点，已悬在天空，那天就在她底安慰中过去了。

她忽想起幼年时代，人家告诉她底神话，就立起来说："我底儿，我抱你上山顶，先为你摘两颗星星下来，嵌入你底眼眶，教你看得见；然后给你找香象底皮肉来补你底身体。可是你不要再哭,恐怕给人听见,又把你夺过去。"

"敬姑,敬姑。"找她底人们在满山中这样叫了好几声,也没有一点影响。

"也许她被那只老虎吃了。"

"不,不对。前晚那只老虎是跑下来捕云哥圈里底牛犊被打死底。如果那东西把敬姑吃了,决不再下山来赴死。我们再进深一点找罢。"

唉,他们底工夫白费了!纵然找着她,若是她还没有把星星抓在手里,她心里怎能平安,怎肯随着他们回来?

暾将出兮东方

在山中住,总要起得早,因为似醒非醒地眠着,是山中各样的朋友所憎恶底。破晓起来,不但可以静观彩云底变幻,和细听鸟语底婉转;有时还从山巅、树表、溪影、村容之中给我们许多可说不可说的愉快。

我们住在山压檐牙阁里,有一次,在曙光初透底时候,大家还在床上眠着,耳边恍惚听见一队童男女底歌声,唱道:

榻上人,应觉悟!
　晓鸡频催三两度。
　　君不见——

"暾将出兮东方",

　　微光已透前村树？

　　　榻上人，应觉悟！

往后又跟着一节和歌：

暾将出兮东方！

暾将出兮东方！

　　会见新曦被四表，

　使我乐兮无央。

　　那歌声还接着往下唱，可惜离远了，不能听得明白。

　　啸虚对我说："这不是十年前你在学校里教孩子唱底么？怎么会跑到这里唱起来？"

　　我说："我也很诧异，因为这首歌，连我自己也早已忘了。"

　　"你底暮气满面，当然会把这歌忘掉。我看你现在要用赞美光明底声音去赞美黑暗哪。"

　　我说："不然，不然。你何尝了解我？本来，黑暗是不足诅咒，光明是毋须赞美底。光明不能增益你什么，黑暗不能妨害你什么，你以何因缘而生出差别心来？若说要赞

113

美底话：在早晨就该赞美早晨；在日中就该赞美日中；在黄昏就该赞美黄昏；在长夜就该赞美长夜；在过去、现在、将来一切时间，就该赞美过去、现在、将来一切时间。说到诅咒，亦复如是。"

那时，朝曦已射在我们脸上，我们立即起来，计划那日底游程。

海

我底朋友说："人底自由和希望，一到海面就完全失掉了！因为我们太不上算，在这无涯浪中无从显出我们有限的能力和意志。"

我说："我们浮在这上面，眼前虽不能十分如意，但后来要遇着底，或者超乎我们底能力和意志之外。所以在一个风狂浪骇底海面上，不能准说我们要到什么地方就可以达到什么地方；我们只能把性命先保持住，随着波涛颠来簸去便了。"

我们坐在一只不如意的救生船里，眼看着载我们到半海就毁坏底大船渐渐沉下去。

我底朋友说："你看，那要载我们到目的地底船快要歇息去了！现在在这茫茫的空海中，我们可没有主意啦。"

幸而同船底人，心忧得很，没有注意听他底话。我把他底手摇了一下说："朋友，这是你纵谈底时候么？你不帮着划桨么？"

"划桨么？这是容易的事。但要划到哪里去呢？"

我说："在一切的海里，遇着这样的光景，谁也没有带着主意下来，谁也脱不了在上面泛来泛去。我们尽管划罢。"

春底林野

春光在万山环抱里,更是泄漏得迟。那里底桃花还是开着;漫游底薄云从这峰飞过那峰,有时稍停一会,为底是挡住太阳,教地面底花草在它底荫下避避光焰底威吓。

岩下底荫处和山溪底旁边满长了薇蕨和其他凤尾草。红、黄、蓝、紫的小草花点缀在绿茵上头。

天中底云雀,林中底金莺,都鼓起它们底舌簧。轻风把它们底声音挤成一片,分送给山中各样有耳无耳底生物。桃花听得入神,禁不住落了几点粉泪,一片一片凝在地上。小草花听得大醉,也和着声音底节拍一会倒,一会起,没有镇定底时候。

林下一班孩子正在那里捡桃花底落瓣哪。他们捡着,清儿忽嚷起来,道:"嗄,邕邕来了!"众孩子住了手,都向桃林底尽头盼望。果然,邕邕也在那里摘草花。

清儿道:"我们今天可要试试阿桐底本领了。若是他能办得到,我们都把花瓣穿成一串璎珞围在他身上,封他为大哥如何?"

众人都答应了。

阿桐走到邕邕面前,道:"我们正等着你来呢。"

阿桐底左手盘在邕邕底脖上,一面走一面说:"今天他们要替你办嫁妆,教你做我底妻子。你能做我底妻子么?"

邕邕狠视了阿桐一下,回头用手推开他,不许他底手再搭在自己脖上。孩子们都笑得支持不住了。

众孩子嚷道:"我们见过邕邕用手推人了!阿桐赢了!"

邕邕从来不会拒绝人,阿桐怎能知道一说那话,就能使她动手呢?是春光底荡漾,把他这种心思泛出来呢,或者,天地之心就是这样呢?

你且看:漫游底薄云还是从这峰飞过那峰。

你且听:云雀和金莺底歌声还布满了空中和林中。在这万山环抱底桃林中,除那班爱闹的孩子以外,万物把春光领略得心眼都迷蒙了。

难解决的问题

我叫同伴到钓鱼矶去赏荷,他们都不愿意去,剩我自己走着。我走到清佳堂附近,就坐在山前一块石头上歇息。在瞻顾之间,小山后面一阵唧咕的声音夹着蝉声送到我耳边。

谁愿意在优游的天日中故意要找出人家底秘密呢?然而宇宙间底秘密都从无意中得来。所以在那时候,我不离开那里,也不把两耳掩住,任凭那些声浪在耳边荡来荡去。

辟头一声,我便听得:"这实是一个难解决的问题。……"

既说是难解决,自然要把怎样难底理由说出来。这理由无论是局内、局外人都爱听底。以前的话能否钻入我耳里，且不用说，单是这一句，使我不能不注意。

山后底人接下去说："在这三位中，你说要哪一位才合式？……梅说要等我十年；白说要等到我和别人结婚那一天；区说非嫁我不可，——她要终身等我。"

"那么，你就要区罢。"

"但是梅底景况，我很了解。她底苦衷，我应当原谅。她能为了我牺牲十年底光阴，从她底境遇看来，无论如何，是很可敬底。设使梅居区底地位，她也能说，要终身等我？"

"那么，梅、区都不要，要白如何？"

"白么？也不过是她底环境使她这样达观。设使她处着梅底景况，她也只能等我十年。"

会话到这里就停了。我底注意只能移到池上，静观那被轻风摇摆底芰荷。呀，叶底那对小鸳鸯正在那里歇午哪！不晓得他们从前也曾解决过方才的问题没有？不上一分钟，后面底声音又来了。

"那么，三个都要如何？"

"笑话，就是没有理性底兽类也不这样办。"

又停了许久。

"不经过那些无用的礼节，各人快活地同过这一辈子不成吗？"

"唔……唔……唔……。这是后来的话，且不必提，我们先解决目前底困难罢。我实不肯故意辜负了三位中底一位。我想用拈阄底方法瞎挑一个就得了。"

"这不更是笑话么？人间哪有这么新奇的事！她们三人中谁愿意遵你底命令，这样办呢？"

他们大笑起来。

"我们私下先拈一拈，如何？你权当做白，我自己权当做梅，剩下是区底分。"

他们由严重的密语化为滑稽的谈笑了。我怕他们要闹下坡来，不敢逗留在那里，只得先走。钓鱼矶也没去成。

疲倦的母亲

那边一个孩子靠近车窗坐着，远山，近水，一幅一幅，次第嵌入窗户，射到他底眼中。他手画着，口中还咿咿哑哑地，唱些没字曲。

在他身边坐着一个中年妇人，支着头瞌睡。孩子转过脸来，摇了她几下，说："妈妈，你看看，外面那座山很像我家门前底呢。"

母亲举起头来，把眼略睁一睁；没有出声，又支着颐睡去。

过一会，孩子又摇她，说："妈妈，'不要睡罢，看睡出病来了'。你且睁一睁眼看看外面八哥和牛打架呢。"

母亲把眼略略睁开，轻轻打了孩子一下；没有做声，又支着头睡去。

孩子鼓着腮,很不高兴。但过一会,他又唱起来了。

"妈妈,听我唱歌罢。"孩子对着她说了,又摇她几下。

母亲带着不喜欢的样子说:"你闹什么?我都见过,都听过,都知道了;你不知道我很疲乏,不容我歇一下么?"

孩子说:"我们是一起出来底,怎么我还顶精神,你就疲乏起来?难道大人不如孩子么?"

车还在深林平畴之间穿行着。车中底人,除那孩子和一二个旅客以外,少有不像他母亲那么鼾睡底。

海世间

我们底人间只有在想象或淡梦中能够实现罢了。一离了人造的上海社会，心里便想到此后我们要脱离等等社会律底桎梏，来享受那乐行忧违的潜龙生活；谁知道一上船，那人造人间所存的受、想、行、识，都跟着我们入了这自然底海洋！这些东西，比我们底行李还多，把这一万二千吨的小船压得两边摇荡。同行的人也知道船载得过重，要想一个好方法，教它底负担减轻一点；但谁能有出众的慧思呢？想来想去，只有吐些出来，此外更无何等妙计。

这方法虽是很平常，然而船却轻省得多了。这船原是要到新世界去的哟，可是新世界未必就是自然底人间。在水程中，虽然把衣服脱掉了，跳入海里去学大鱼的游泳，也未必是自然。要是闭眼闷坐着，还可以有一点勉强的自在。

船离陆地远了，一切远山疏树尽化行云。割不断的轻烟，缕缕丝丝从烟筒里舒放出来，慢慢地往后延展。故国里，想是有人把这烟揪住罢。不然就是我们之中有些人底离情凝结了，乘着轻烟飞去。

呀！他底魂也随着轻烟飞去了！轻烟载不起他，把他摔下来。堕落的人连浪花也要欺负他，将那如弹的水珠一颗颗射在他身上。他几度随着波涛浮沉，气力有点不足，眼看要沉没了，幸而得文鳐底哀怜，展开了帆鳍搭救他。

文鳐说："你这人太笨了，热火燃尽的冷灰，岂能载得你这焰红的情怀？我知道你们船中定有许多多情的人儿，动了乡思。我们一队队跟船走又飞又泳，指望能为你们服劳，不料你们反拍着掌笑我们，驱逐我们。"

他说："你底话我们怎能懂得呢？人造的人间的人，只能懂得人造的语言罢了。"

文鳐摇着他口边那两根短须，装作很老成的样子，说："是谁给你分别的，什么叫人造人间，什么叫自然人间？只有你心里妄生差别便了。我们只有海世间和陆世间的分别，陆世间想你是经历惯的；至于海世间，你只能从想象中理会一点。你们想海里也有女神，五官六感都和你们一样，戴的什么珊瑚、珠贝，披的什么鲛纱、昆布。其实这些东西,在我们这里并非希奇难得的宝贝。而且一说人底形态便不是神了。我们没有什么神,只有这蔚蓝的盐水是我们生命底根源。可是我们生命所从出的水,于你们反有害处。海水能夺去你们底生命。若说海里有神,你应当崇拜水,毋需再造其他的偶像。"

他听得呆了,双手扶着文鳐底帆鳍,请求他领他到海世间去。文鳐笑了,说:"我明说水中你是生活不得的,你不怕丢了你底生命么?"

他说:"下去一分时间,想是无妨的。我常想着海神底清洁、温柔、娴雅等等美德;又想着海底底花园有许多我不曾见过的生物和景色,恨不得有人领我下去一游。"

文鳐说:"没有什么,没有什么,不过是咸而冷的水罢了;海底美丽就是这么简单——冷而咸。你一眼就可以望见了。何必我领你呢?凡美丽的事物,都是这么简单的。你要求它多么繁复、热烈,那就不对了。海世间的生活,你是受不惯的,不如送你回船上去罢。"

那鱼一振鳍,早离了波阜,飞到舷边。他还舍不得回到这真是人造的陆世界来,眼巴巴只怅望着天涯,不信海就是方才所听的情况。从他想象里,试要构造些海底世界底光景。他底海中景物真个实现在他梦想中了。

上景山

无论哪一季，登景山最合宜的时间是在清早或下午三点以后。晴天，眼界可以望朦胧处；雨天，可以赏雨脚底长度和电光底迅射；雪天，可以令人咀嚼着无色界底滋味。

在万春亭上坐着，定神看北上门后底马路（从前路在门前，如今路在门后）尽是行人和车马，路边底梓树都已掉了叶子。不错，已经立冬了，今年天气可有点怪，到现在还没冻冰。多谢芰荷底业主把残茎都去掉，教我们能看见紫禁城外护城河底水光还在闪烁着。

神武门上是关闭得严严的。最讨厌的是楼前那枝很长的旗杆，侮辱了全个建筑底庄严。门楼两旁树它一对，不成吗？禁城上时时有人在走着，恐怕都是外国的旅人。

皇宫一所一所排列着非常整齐。怎么一个那么不讲纪律底民族，会建筑这么严整的宫廷？我对着一片黄瓦这样想着。不，说不讲纪律未免有点过火，我们可以说这民族是把旧的纪律忘掉，正在找一个新的啊。新的找不着，终究还要回来的。北京房子，皇宫也算在里头，主要的建筑都是向南的，谁也没有这样强迫过建筑者，说非这样修不可。但纪律因为利益所在，在不言中被遵守了。夏天受着解愠的熏风，冬天接着可爱的暖日，只要守着盖房子底法则，这利益是不用争而自来的。所以我们要问在我们的政治社会里有这样的熏风和暖日吗？

最初在崖壁上写大字铭功底是强盗底老师，我眼睛看着神武门上底几个大字，心里想着李斯。皇帝也是强盗底一种，是个白痴强盗。他抢了天下把自己监禁在宫中，把一切宝物聚在身边，以为他是富有天下。这样一代过一代，到头来还是被他底糊涂奴仆，或贪婪臣宰，讨、瞒、偷、换，到连性命也不定保得住。这岂不是个白痴强盗？在白痴强盗底下才会产出大盗和小偷来。一个小偷，多少总要有一点跳女墙钻狗洞底本领，有他的禁忌，有他底信仰和道德。大盗只会利用他的奴性去请托攀缘，自赞赞他，禁忌固然没有，道德更不必提。谁也不能不承认盗贼是寄生人类底一种，但最可杀的是那班为大盗之一的斯文贼。他们不像小偷为延命去营鼠雀底生活；也不像一般的大盗，凭着自己的勇敢去抢天下。所以明火打劫底强盗最恨底是斯文贼。这里我又联想到张献忠。有一次他开科取士，檄诸州举贡生员，后至者妻女充院，本犯剥皮，有司教官斩，连坐十家。诸生到时，他要他们在一丈见方底大黄旗上写个帅字，字画要像斗底粗大，还要一笔写成。一个生员王志道缚草为笔，用大缸贮墨汁将草笔泡在缸里，三天，再取出来写，果然一笔写成了。他以为可以讨献忠底喜欢，谁知献忠说："他日图我必定是你。"立即把他杀来祭旗。献忠对待念书人是多么痛快。他知道他们是寄生底寄生。他底使命是来杀他们。

东城西城底天空中，时见一群一群旋飞的鸽子。除去打麻雀，逛窑子，上酒楼以外，这也是一种古典的娱乐。这种娱乐也来得群众化一点。它能在空中发出和悦的响声，翩翩地飞绕着，教人觉得在一个灰白色的冷天，满天乱飞乱叫底老鸹底讨厌。然而在刮大风底时候，若是你有勇气上景山底最高处，看看天安门楼屋脊上底鸦群，噪叫底声音是听不见，它们随风飞扬，直像从什么大树飘下来底败叶，凌乱得有意思。

万春亭周围被挖得东一沟，西一窟，据说是管宫底当局挖来试看煤山是不是个大煤堆，像历来的传说所传底，我心里暗笑信这说底人们。是不是因为北宋亡国底时候，都人在城被围时，拆毁艮岳底建筑木材去充柴火，所以计画建筑北京底人预先堆起一大堆煤，万一都城被围底时，人民可以不拆宫殿。这是笨想头。若是我来计画，最好来一个米山。米在万急的时候，也可以生吃，煤可无论如何吃不得。又有人说景山是太行的最终一峰。这也是瞎说。从西山往东几十里平原，可怎么不偏不颇在北京城当中出了一座景山？若说北京底建设就是对着景山底子午，为什么不对北海底琼岛？我想景山明是开紫禁城外底护河所积底土，琼岛也是垒积从北海挖出来底土而成的。

　　从亭后底树缝里远远看见鼓楼。地安门前后底大街，人马默默地走，城市底喧嚣声，一点也听不见。鼓楼是不让正阳门那样雄壮地挺着。它底名字，改了又改，一会是明耻楼，一会又是齐政楼，现在大概又是明耻楼吧。明耻不难，雪耻得努力。只怕市民能明白那耻底还不多，想来是多么可怜。记得前几年"三民主义""帝国主义"这套名词随着北伐军到北平底时候，市民看些篆字标语，好像都明白各人蒙着无上的耻辱，而这耻辱是由于帝国主义底压迫。所以大家也随声附和唱着打倒和推翻。

　　从山上下来，崇祯殉国底地方依然是那么半死的槐树。据说树上原有一条链子锁着，庚子联军入京以后就不见了，现在那枯槁的部分，还有一个大洞，当时的链痕还隐约可以看见。义和团运动的结果，从解放这棵树发展到解放这民族。这是一件多么可以发人深思底对象呢？山后的柏树发出幽恬底香气，好像是对于这地方底永远供物。

寿皇殿锁闭得严严地，因为谁也不愿意努尔哈赤底种类再做白痴的梦。每年底祭祀不举行了，庄严的神乐再也不能听见，只有从乡间进城来唱秧歌的孩子们，在墙外打的锣鼓，有时还可以送到殿前。

到景山门，回头仰望顶上方才所坐底地方，人都下来了。树上几只很面熟却不认得底鸟在叫着。亭里残破的古佛还坐在结那没人能懂底手印。

先农坛

曾经一度繁华过底香厂，现在剩下些破烂不堪的房子，偶尔经过，只见大兵们在广场上练国技。望南再走，排地摊底犹如往日，只是好东西越来越少，到处都看见外国来底空酒瓶，香水樽，胭脂盒，乃至簇新的东洋瓷器，估衣摊上的不入时底衣服，"一块八""两块四"叫卖底伙计连翻带地兜揽，买主没有，看主却是很多。

在一条凹凸得格别底马路上走，不觉进了先农坛底地界。从前在坛里惟一新建筑，"四面钟"，如今只剩一座空洞的高台，四围的柏树早已变成富人们底棺材或家私了。东边一座礼拜寺是新的。球场上还有人在那里练习。绵羊三五群，遍地披着枯黄的草根。风稍微一动，尘土便随着飞起，可惜颜色太坏，若是雪白或朱红，岂不是很好的国货化妆材料？

到坛北门，照例买票进去。古柏依旧，茶座全空。大兵们住在大殿里，很好看底门窗，都被拆作柴火烧了。希望北平市游览区划定以后，可以有一笔大款来修理。北平底旧建筑，渐次少了，房主不断地卖折货。像最近的定王府，原是明朝胡大海底府邸，论起建筑的年代足有五百多年。假若政府有心保存北平古物，决不至于让市民随意拆毁。拆一间是少一间。现在坛里，大兵拆起公有建筑来了。爱国得先从爱惜公共的产业做起，得先从爱惜历史的陈迹做起。

观耕台上坐着一男一女，正在密谈，心情的热真能抵御环境底冷。桃树柳树都脱掉叶衣，做三冬底长眠，风摇鸟唤，都不听见。雩坛边的鹿，伶俐的眼睛瞭望着过路底人。游客本来有三两个，它们见了格外相亲。在那么空旷的园囿，本不必拦着它们，只要四围开上七八尺深底沟，斜削沟的里壁，使当中成一个圆丘，鹿放在当中，虽没遮栏也跳不上来。这样，园景必定优美得多。星云坛比岳渎坛更破烂不堪。干蒿败艾，满布在砖缝瓦罅之间，拂人衣裾，便发出一种清越的香味。老松在夕阳底下默然站着。人说它像盘旋的虬龙，我说它像开屏的孔雀，一颗一颗底松球，衬着暗绿的针叶，远望着更像得很。松是中国人底理想性格，画家没有不喜欢画它。孔子说它后凋还是屈了它，应当说它不凋才对。英国人对于橡树底情感就和中国人对于松树底一样。中国人爱松并不尽是因为它长寿，乃是因它当飘风飞雪底时节能够站得住，生机不断，可发荣底时间一到，便又青绿起来。人对着松树是不会失望的，它能给人一种兴奋，虽然树上留着许多枯枝丫，看来越发增加它底壮美。就是枯死，也不像别的树木等闲地倒下来。千年百年是那么立着，藤萝缠它，薜荔粘它，都不怕，反而使它更优越更秀丽。古人说松籁好听得像龙吟。龙吟我们没有听过，可是它所发出底逸韵，真能使人忘掉名利，动出尘底想头。可是要记得这样的声音，决不是一寸一尺底小松所能发出，非要经得百千年底磨练，受过风霜或者吃过斧斤底亏，能够立得定以后，是做不到的。所以当年壮底时候，应学松柏底抵抗力，忍耐力，和增进力；到年衰的时候，也不妨送出清越的籁。

对着松树坐了半天。金黄色的霞光已经收了，不免离开雩坛直出大门。门外前几年挖的战壕，还没填满。羊群领着我向着归路。道边放着一担菊花，卖花人站在一家门口与那淡妆底女郎讲价，不提防担里底黄花教羊吃了几棵。那人索性将两棵带泥丸底菊花向羊群猛掷过去，口里骂：

"你等死的羊孙子！"可也没奈何。吃剩底花散布在道上，也教车轮碾碎了。

民国一世

生就是这样,
徨徨,彷彷!

三　迁

花嫂子着了魔了！她只有一个孩子，舍不得教他入学。她说："阿同底父亲是因为念书念死的。"

阿同整天在街上和他底小伙伴玩：城市中应有的游戏，他们都玩过。他们最喜欢学警察、人犯、老爷、财主、乞丐。阿同常要做人犯，被人用绳子捆起来，带到老爷跟前挨打。

一天，给花嫂子看见了，说："这还了得！孩子要学坏了。我得找地方搬家。"

她带着孩子到村庄里住。孩子整天在阡陌间和他底小伙伴玩：村庄里应有的游戏，他们都玩过。他们最喜欢做牛、马、牧童、肥猪、公鸡。阿同常要做牛，被人牵着骑着，鞭着他学耕田。

一天，又给花嫂子看见了，就说："这还了得！孩子要变畜生了。我得找地方搬家。"

她带孩子到深山底洞里住。孩子整天在悬崖断谷间和他底小伙伴玩。他底小伙伴就是小生番、小猕猴、大鹿、长尾三娘、大蛱蝶。他最爱学鹿底跳跃，猕猴底攀缘，蛱蝶底飞舞。

有一天，阿同从悬崖上飞下去了。他底同伴小生番来给花嫂子报信，花嫂子说："他飞下去么？那么，他就有本领了。"

呀，花嫂子疯了！

蜜蜂和农人

雨刚晴，蝶儿没有蓑衣，不敢造次出来，可是瓜棚底四围，已满唱了蜜蜂底工夫诗：

彷彷，徨徨！徨徨，彷彷！
　生就是这样，徨徨，彷彷！
趁机会把蜜酿。
　大家帮帮忙；
　　别误了好时光。
彷彷，徨徨！徨徨，彷彷！

蜂虽然这样唱，那底下坐着三四个农夫却各人担着烟管在那里闲谈。

人底寿命比蜜蜂长,不必像它们那么忙么?未必如此。不过农夫们不懂它们底歌就是了。但农夫们工作时,也会唱底。他们唱底是:

村中鸡一鸣,
　　阳光便上升,
　太阳上升好插秧。
　禾秧要水养,
　各人还为踏车忙。
东家莫截西家水;
西家不借东家粮。
　各人只为各人忙——
　　"各人自扫门前雪,
　不管他人瓦上霜。"

"小俄罗斯"底兵

短篱里头,一棵荔枝,结实累累。那朱红的果实,被深绿的叶子托住,更是美观;主人舍不得摘他们,也许是为这个缘故。

三两个漫游武人走来,相对说:"这棵红了,熟了,就在这里摘一点罢。"他们嫌从正门进去麻烦,就把篱笆拆开,大摇大摆地进前。一个上树,两个在底下接;一面摘,一面尝,真高兴呀!

屋里跑出一个老妇人来,哀声求他们说:"大爷们,我这棵荔枝还没有熟哩;请别作践他;等熟了,再送些给大爷们尝尝。"

树上底人说:"胡说,你不见果子已经红了么?怎么我们吃就是作践你底东西？"

"唉，我一年底生计，都看着这棵树。罢了，罢……"

"你还敢出声么？打死你算得什么；待一会，看把你这棵不中吃底树砍来做柴火烧，看你怎样。有能干，可以叫你们底人到广东吃去。我们那里也有好荔枝。"

唉，这也是战胜者、强者底权利么？

补破衣底老妇人

她坐在檐前,微微的雨丝飘摇下来,多半聚在她脸庞底皱纹上头。她一点也不理会,尽管收拾她底筐子。

在她底筐子里有很美丽的零剪绸缎;也有很粗陋的麻头、布尾。她从没有理会雨丝在她头、面、身体之上乱扑;只提防着筐里那些好看的材料沾湿了。

那边来了两个小弟兄。也许他们是学校回来。小弟弟管她叫做"衣服底外科医生";现在见她坐在檐前,就叫了一声。

她抬起头来,望着这两个孩子笑了一笑。那脸上底皱纹虽皱得更厉害,然而生底痛苦可以从那里挤出许多,更能表明她是一个享乐天年底老婆子。

小弟弟说:"医生,你只用筐里底材料在别人底衣服上,怎么自己底衣服却不管了?你看你肩脖补底那一块又该掉下来了。"

老婆子摩一摩自己底肩脖,果然随手取下一块小方布来。她笑着对小弟弟说:"你底眼睛实在精明!我这块原没有用线缝住;因为早晨忙着要出来,只用浆子暂时糊着,盼望晚上回去弥补;不提防雨丝替我揭起来了!……这揭得也不错。我,既如你所说,是一个衣服底外科医生,那么,我是不怕自己底衣服害病底。"

她仍是整理筐里底零剪绸缎,没理会雨丝零落在她身上。

哥哥说:"我看爸爸底手册里夹着许多的零碎文件;他也是像你一样:不时地翻来翻去。他……"

弟弟插嘴说:"他也是另一样的外科医生。"

老婆子把眼光射在他们身上,说:"哥儿们,你们说得对了。你们底爸爸爱惜小册里底零碎文件,也和我爱惜筐里底零剪绸缎一般。他凑合多少地方底好意思,等用得着时,就把他们编连起来,成为一种新的理解。所不同底,就是他用底头脑,我用底只是指头便了。你们叫他做……"

说到这里,父亲从里面出来,问起事由,便点头说:"老婆子,你底话很中肯要。我们所为,原就和你一样,东搜西罗,无非是些绸头、布尾,只配用来补补破衲袄罢了。"

父亲说完,就下了石阶,要在微雨中到葡萄园里,看看他底葡萄长芽了没有。这里孩子们还和老婆子争论着要号他们底爸爸做什么样医生。

民国一世
——三十年来我国礼俗变迁底简略的回观

转眼又到民国三十年,用古话来说,就是一世了。这一世底经历真比前些世代都重要而更繁多,教大家都感觉是在一个完全不同的世界里生活着。这三十年底政治史,说起来也许会比任何时代都来得复杂。不过政治史只是记载事情发生后底结果,单从这面看是看不透底。我们历来的史家讲政必要连带地讲到风俗,因为风俗是民族底理想与习尚底反映,若不明了这一层,对于政治底进展底观察只能见到皮相。民国一世底政治史,说来虽然教人头痛,但是已经有了好些的著作。在这期间,风俗习尚底变迁好像还没有什么完备的记载,所以在这三十年度开始,我们对于过去二十九年底风尚不妨做一个概略的回观。自然这篇短文不是写风俗史,不过试要把那在政治背后底人民生活与习尚叙述一二而已。

民国底产生是先天不足的。三十年前底人民对于革命底理想与目的多数还在睡里梦里,辛亥年(民国前一年,也是武昌起义底那一年)三月二十九底下午在广州发动底不朽的革命举动,我们当记得,有名字底革命家只牺牲了七十二人!拿全国人民底总数来与这数目一比,简直没法子列出一个好看的算式。那时我是一个中学生。住在离总督衙门后不远底一所房子,满街底人在炸弹声响了不久之后,都嚷着"革命党起事了"!大家争着关铺门,除招牌,甚至什么公馆、寓、第、宅、堂等等红纸门榜也都各自撕下,惟恐来不及。那晚上,大家关起大门,除掉天上底火光与零碎的枪声以外,一点也不见不闻。事平之后,回学堂去,问起来,大家都说没见过革命党,只有两三位住在学堂里底先生告诉我们说有两三个操外省口音,臂缠着白毛巾底青年曾躲在仪器室里。其中有一个人还劝人加入革命党,那位先生没答应他,他就鄙夷地说:"蠢才,有便宜米你都不吃……"他底理想只以为革命成功以后,人人都可以有便宜的粮食了,这种革命思想与古代底造反者所说底口号没有什么分别。自然那时有许多青年也读过民族革命底宣传品，但革命的建国方略始终为一般人所没梦想过，连革命党员中间也有许多是不明白他们正在做着什么事情。不到六个月，武昌起义了。这举动似乎与广州革命不相干，但竟然成功了。人民底思想是毫无预备，只混混沌沌地站在革命底旗帜下，不到几个月，居然建立了中华民国。

民国成立以后，关于礼俗底改革，最显著的是剪辫，穿西服，用阳历，废叩头等等。剪辫在民国前两三年，广州与香港已渐成为时髦，原因是澳美二洲底华侨和东西留学生回国底很多。他们都是短服（不一定是西装），剪发，革履，青年学生见了互相仿效，还有当时是军国民主义底教育，学生底制服就是军装。许多人不喜欢把辫子盘过胁下扣在胸前底第一颗钮扣上，都把它剪掉，或只留顶上一排头发，戴军帽时，把辫子盘起来，叫做"半剪"。当时人管没辫子底人们叫做"剪辫仔"或"有辫仔"，稍微客气一点底就叫他们底打扮作"文明装"或"金山文明装"，现在广州与香港底理发师还有些保留着所谓"金山装"底名目底。在民国前三年，我已经是个"剪辫仔"，先父初见我光了头，穿起洋服，结了一条大红领带，虽没生气，却摇着头说，"文明不能专在外表上讲。"

广东反正，我们全家搬到福建，寄寓在海澄一个朋友底乡间。那里底人见我们全家底男子，连先父也在内，都没有辫子，都说我们是"革命仔"。乡下人有许多不愿意剪辫，因为依当地风俗，男子若不是当和尚或犯奸就不能把辫子去掉。他们对于革命运动虽然热烈地拥护，但要他们剪掉辫子却有点为难，所以有许多是被人硬剪掉底。有些要在剪掉之后放一串炮仗；有些还要祭过祖先才剪。这不是有所爱于满洲人底装束，前者是杀晦气，后者是本着"身体发肤，受之父母"底教训。你如问为什么剃头就不是"毁伤"，他就说从前是奉旨及父母之命而行底。民国元年，南方沿海底都市有些有女革命军底组织，当时剪发底女子也不少，若不因为女革命军底声誉不好和军政当局底压抑，女子们剪发就不必等到民国十六年以后才成为流行的装扮了。当盛行女子剪发底时候，东三省有位某帅，参观学校，见某女教员剪发，便当她是共产党员，把她枪毙了。她也可以说是为服装而牺牲底不幸者。

讲到衣服底改变，如大礼服，小礼服之类，也许是因为当时当局诸明公都抱"文明先重外表"底见解，没想到我们底纺织工业会因此而吃大亏。我们底布匹底宽度是不宜于裁西装底，结果非要买入人家多量的洋材料不可。单说输入底钮扣一样。若是翻翻民国元年以后海关底黄皮书，就知道那数字在历年底增加是很可怕的了。其他如硬领、领带、小梳子、小镜子等等文明装底零件更可想而知了。

女人装束在最初几年没有剧烈的变迁，当时留学东洋回国底女学生很多，因此日本式的髻发，金边小眼镜，小绢伞，手提包，成为女子时髦的装饰。后来女学生底装束被旗袍占了势力，一时长的、短的、宽的、窄的，都以旗袍式为标准，裙子渐渐地没人穿了。民国十四五年以后，在上海以伴舞及演电影底职业女子掌握了女子时髦装束底威权，但全部是抄袭外国底，毫无本国风度，直到现在，除掉变态的旗袍以外，几乎辨别不出是中国装了。在服装上，我们底男女多半变了被他人装饰底人形衣架，看不出什么民族性来。

衣服直接影响到礼俗，最著的是婚礼。民国初年，男子在功令上必要改装，女子却是仍旧，因此在婚礼上就显出异样来。在福建乡间，我亲见过新郎穿底是戏台上底红生袍，戴底是满镶着小镜子底小生巾，因为依照功令，大礼服与大礼帽全是黑的，穿戴起来，有点丧气。间或有穿戴上底，也得披上红绸，在大高帽上插一金花，甚至在草帽上插花披红，真可谓不伦不类。不久，所谓"文明婚礼"流行了。新娘是由凤冠霞帔改为披头纱和穿民国礼服。头纱在最初有披大红的，后来渐渐由桃红淡红到变为欧式的全白，以致守旧的太婆不愿意，有些说，"看现在的新娘子，未死丈夫先带孝！"这种风气大概最初是由教会及上海底欧美留学生做起，后来渐渐传染各处。现在在各大都市，甚至礼饼之微也是西装了！什么与我们底礼俗不相干底扔破鞋、分婚糕、度蜜月，件件都学到了。还有，新兴的仪仗中间有军乐队，不管三七二十一胡乱吹打一气。如果新娘是曾在学校毕业底，那就更荣耀了，有时还可以在亲迎底那一天把文凭安置在彩亭里扛着满街游行。

至于丧礼，在这三十年来底变迁却与婚礼不同。从君主政策被推翻了之后，一切的荣典都排不到棺材前，孝子们异想天开，在仪仗里把挽联、祭幛、花圈等等，都给加上去了。讣告在从前是有一定规矩底，身份够不上用家人报丧底就不敢用某宅家人报丧底条子或登广告。但封建思想底遗毒不但还未除净，甚且变本加厉，随便一个小小官吏或稍有积蓄底商人底死丧，也可以自由地设立治丧处，讣告甚至可以印成几厚册，文字比帝制时代实录馆底实录底内容还要多。孝子也给父母送起挽联或祭幛来了。花圈是胡乱地送，不管死者信不信耶稣，有十字架表识底花圈每和陀罗尼经幛放在一起。出殡底仪仗是七乱八糟，讲不上严肃，也显不出哀悼，只可以说是排场热闹而已。穿孝也近乎欧化，除掉乡下人还用旧礼或缠一点白以外，都市人多用黑纱绕臂，有时连什么徽识也没有。三年之丧再也没能维持下去了。

说到称谓，在民国初年，无论是谁，男的都称先生，女的都称女士，后来老爷、大人、夫人、太太、小姐等等旧称呼也渐渐随着帝制复活起来。帝制翻不成，封建时代底称呼反与洋封建底称呼互相翻译，在太太们中间，又自分等第，什么"夫人""太太"都依着丈夫底地位而异其称呼，男方面，什么"先生"，什么"君"，什么"博士"，"硕士"也做成了阶级的分别，这都是封建意识底未被铲除，若长此发展下去，我们就得提防将来也许有"爵爷""陛下"等等称呼底流行。个人的名字用外国的如约翰、威灵顿、安妮、莉莉、伊利沙伯①之类越来越多，好像没有外国名字就不够文明似的。日常的称如"蜜丝""蜜丝打""累得死""尖头鳗"②一类的外国货格外流行，听了有时可以使人犯了脑溢血底病。

一般嗜好，在这二十九年，也可以说有很大的变更。吃底东西，洋货输进来底越多。从礼品上可以看出芝古力糖店抢了海味铺不少的买卖，洋点心铺夺掉茶食店大宗的生意。冰淇淋与汽水代替了豆腐花和酸梅汤。俄法大菜甚

---

① 伊利沙伯，通译伊丽莎白。
② 蜜丝、蜜丝打、累得死、尖头鳗分别为英文 Miss、Mister、ladies、gentleman 的音译。

至有替代满汉全席底气概。赌博比三十年前更普遍化，麻雀牌底流行也同鸦片白面红丸等物一样，大有燎原之势，了得么！

历法底改变固然有许多好处，但农人底生活却非常不便，弄到都市底节令与乡间底互相脱节。都市底商店记得西洋的时节如复活节、耶稣诞等，比记得清明、端午、中秋、重九、冬至等更清楚。一个耶稣诞期，洋货店可以卖出很多洋礼物，十之九是中国人买底，难道国人有十分之九是基督徒么？奴性的盲从，替人家凑热闹，说来很可怜的。

最后讲到教育。这二十九年来因为教育方针屡次地转向，教育经费底屡受政治影响，以致中小学底教育基础极不稳固。自五四运动以后，高等教育与专门学术底研究比较有点成绩，但中小学教育在大体上说来仍是一团糟。尤其是在都市底那班居心骗钱，借口办学底教育家所办底学校，学科不完备，教师资格底不够，且不用说，最坏的是巴结学生，发卖文凭，及其它种种违反教育原则底行为。那班人公然在国旗或宗教的徽帜底下摧残我青年人底身心。这种罪恶是二十九年来许多办学底人们应该忏悔底。我从民国元年到现在未尝离开粉笔生涯，见中小学教育底江河日下，不禁为中国前途捏了一把冷汗。从前是"士农工商"，一入民国，我们就时常听见"军政商学"，后来在"军"上又加上个"党"。从前是"四民"，现在"学"所居底地位是什么，我就不愿意多嘴了。

　　此地底篇幅不容我多写，我不再往下说了，本来这篇文字是为祝民国三十年底，我所以把我们二十九年来底不满意处说些少出来，使大家反省一下我们底国民精神到底到了什么国去。这个我又不便往下再问，等大家放下报纸闭眼一想得了。民国算是入了壮年底阶段了。过去的二十九年，在政治上、外交上、经济上乃至思想上，受人操纵底程度比民国未产生以前更深，现在若想自力更生底话，必得努力祛除从前种种愚昧，改革从前种种的过失，力戒懒惰与依赖，发动自己的能力与思想，要这样，新的国运才能日臻于光明。我们不能时刻希求人家时刻之援助，要记得我们是入了壮年时期，是三十岁了，更要记得援助我们底就可以操纵我们呀！若是一个人活到三十岁还要被人"援助"，他真是一个"不长进"底人。我们要建设一个更健全的国家非得有这样的觉悟与愿望不可。愿大家在这第三十年底开始加倍地努力，这样，未来的种种都是有希望的，是生长的，是有幸福的。

礼俗与民生

礼俗是合礼仪与风俗而言。礼是属于宗教的及仪式的；俗是属于习惯的及经济的。风俗与礼仪乃国家民族底生活习惯所成，不过礼仪比较是强迫的，风俗比较是自由的。风俗底强迫不如道德律那么属于主观的命令；也不如法律那样有客观的威胁，人可以遵从它，也可以违背它。风俗是基于习惯，而此习惯是于群己都有利，而且便于举行和认识。我国古来有"风化""风俗""政俗""礼俗"等名称。风化是自上而下言；风俗是自一社团至一社团言；政俗是合法律与风俗言；礼俗是合道德与风俗言。被定为唐朝底书《刘子·风俗篇》[1]说,"风者气也;俗者习也。土地水泉,气有缓急,声有高下,谓之风焉。人居此地,习以成性,谓之俗焉。风有薄厚,俗有淳浇,明王之化,当移风使之雅,易俗使之正。是以上之化下,亦为之风焉。民习而行,亦为之俗焉……"我国古说以礼俗是和地方环境有密切关系的,地方环境实际上就是经济生活。所以风俗与民生有相因而成底关系。

人类和别的动物不同的地方,最显然的是他有语言文字衣冠和礼仪。礼仪是社会的产物,没有社会也就没有礼仪风俗。古代社会几乎整个生活是礼仪风俗捆绑住,所谓礼仪三百,成仪三千,是指示人没有一举一动是不在礼仪与习俗里头。在风俗里最易辨识底是礼仪。它是一种社会公认的行为,用来表示精神的与物质的生活底象征,行为底警告,和危机底克服。不被公认底习惯,便不是风俗,只可算为人的或家族的特殊行为。

生活的象征。所谓生活底象征,意思是我们在生活上有种种方面,如果要在很短的时间把它们都表现出来,那是不可能的。不得已,就得用身体底动作表示出来。如此,有人说,中国人底"作揖",是种地时候,拿锄头刨土底象

---

[1] 《刘子》实为北齐刘昼所著。

征行为。古时两个人相见，彼此底语言不一定相通，但要表示友谊时，使作彼此生活上共同的行为，意思是说，"你要我帮忙种地，我很喜欢效劳。"朋友本有互助底情分，所以这刨土底姿势，便成表现友谊底"作揖"了。又如欧洲人"拉手或顿手"与中国底"把臂"有点相同，不过欧洲底文化是从游牧民族生活发展底，不像中国作揖是从农业文化发展底，拉手是象征赶羊入圈底互助行为。又如，中国底叩头礼，原是表示奴隶对于主人底服从；欧洲底脱帽礼原是武士入到人家，把头盔脱下，表示解除武装，不伤官人的意思。这些都是生活底象征。

行为底警告。依据生活底经验，凡在某种情境上不能做某样事，或得做某样事，于是用一种仪式把它表示出来。好像官吏就职底宣誓典礼，是为警告他在职位时候应尽忠心，不得做辜负民意底事情。又如西洋轮船下水时，要行掷香槟酒瓶礼，据说是不要船上底水手因狂饮而误事底意思。又如古代社会底冠礼，多半是用仪式来表示成年人在社会里应尽底义务，同时警告他不要做那违抗社会或一个失败的人。

危机底克服。人在生活底历程上，有种种危机。如生产底时候，母子底性命都很危险。这危险底境地，当在过得去与过不去之间，便是一个危机。从旧生活要改入新生活底时期，也是一个危机。如社会里成年底男女，在没有结婚底时候，依赖父母家长，一到结婚时候，便要从依赖的生活进入独立的生活，在这个将入未入底境地，也是生活底一个危机。因所要娶要嫁底男女在结合以后，在生活上能否顺利地过下去，是没有把握底。又如家里底主人就是担负一家经济生活底主角，一旦死了，在这主要的生产者过去，新底主要生产者将要接上底时候，也是一个危机。过年过节，是为时间底进行，于生产上有利不利底可能，所以也是一种危机。风俗礼仪由巫术渐次变成，乃至生活方式变迁了，仍然保留着，当做娱乐日，或休息日。

礼俗与民生底关系从上说三点底演进可以知道。生活上最大的四个阶段是生，冠，婚，丧。生产底礼俗现在已渐次消灭了。女人坐月，三朝洗儿，周岁等，因生活形式改变，社会组织更变，知识生活提高，人也不再找这些麻烦了。做生日并不是古礼，是近几百年，官僚富家，借此夸耀及收受礼物底勾当，我想这是应当禁止底。冠礼也早就不行了。在礼仪上，与民生最有关系的是婚礼与丧礼。这两礼原来会有很重的巫术色彩，人试要用巫术把所谓不祥的境遇克服过来。现在拿婚礼来说，照旧时的礼仪，新娘从上头，上轿，乃至三朝回门，层层节节，都有许多禁忌，许多迷信的仪式，如像新娘拿镜子，新郎踢轿门，闹新人等等，都含有巫术在内。说到丧礼，迷信行为更多，因为人怕死鬼，所以披麻，变形，神主所以点主，后来生活进步，便附上种种意义，人因风习也就不问而随着做了。

　　今天并不是要讲礼俗之起源，只要讲我们应当怎样采用礼仪，使它在生活上有意思而不至于浪费时间，金钱，与精神。礼仪与风俗习惯是人人有的，但行者须顾到国民底经济生活。自入民国以来，没工夫顾到制礼作乐，变服剪发，乃成风俗，不知从此例底没顾到国民底经济与工业，以致简单钮扣一项，每年不知向外买入多少，有底矫枉过正，变本加厉，只顾排场，不管自己财力如何，有底甚至全盘采取西礼。要知道民族生存是赖乎本地生活上传统的习惯和理想，如果全盘采用别人的礼仪风俗，无异自己毁灭自己，古人说要灭人国，得先灭人底礼俗，所以婚丧应当保留固有的，如其不便，可从简些。风俗礼仪凡与我生活上没有经验底，可以不必去学人家，像披头纱，拿花把，也于我们没有意义，为何要行呢？至于贺礼，古人对于婚丧在亲友分上，本有助理之分，不过得有用，现在人最没道理底是送人银盾，丧礼底幛，甚至有子送终父母底，也有男用女语女用男语底，最可笑的，有个殡仪，幛上写着"川流不息"！这又是乱用了。丧礼而张灯结彩，大请其客，也是不应该的，婚礼有以"文凭"为嫁妆扛着满街游行底，这也不对。

　　故生活简单，用钱底机会少，所以一旦有事，要行繁重的仪式，但也得依其人之经济与地位而行，不是随意的。又生产方式变迁，礼俗也当变，如丧礼在街游行，不过是要人知道某人已死，而且是个好人，因城市上人个个那么忙，谁有心读个人的历史呢？礼仪与民生底关系至密切，有时因习俗所驱，有人弄到倾家荡产，故当局者应当提倡合乎国民生活与经济底礼俗，庶几乎不教固有文化沦丧了。

忆卢沟桥

记得离北平以前，最后到卢沟桥，是在二十二年底春天。我与同事刘兆蕙先生在一个清早由广安门顺着大道步行，经过大井村，已是十点多钟。参拜了义井庵底千手观音，就在大悲阁外少憩。那菩萨像有三丈多高，是金铜铸成底，体相还好，不过屋宇倾颓，香烟零落，也许是因为求愿底人们发生了求财赔本求子丧妻底事情罢。这次底出游本是为访求另一尊铜佛而来底。我听见从宛平城来底人告诉我那城附近有所古庙塌了，其中许多金铜佛像，年代都是很古的。为知识上的兴趣，不得不去采访一下。大井村底千手观音是有著录底，所以也顺便去看看。

出大井村，在官道上，巍然立着一座牌坊，是乾隆四十年建底。坊东面额书"经环同轨",西面是"荡平归极"。建坊底原意不得而知,将来能够用来做凯旋门那就最合宜不过了。

　　春天底燕郊,若没有大风,就很可以使人流连。树干上或土墙边蜗牛在画着银色底涎路。它们慢慢移动,像不知道它们底小介壳以外还有什么宇宙似地。柳塘边底雏鸭披着淡黄色底氄毛,映着嫩绿的新叶;游泳时,微波随蹼翻起,泛成一弯一弯动着底曲纹,这都是生趣底示现。走乏了,且在路边底墓园少住一回。刘先生站在一座很美丽的窣堵波上,要我给他拍照。在榆树荫覆之下,我们没感到路上太阳底酷烈。寂静的墓园里,虽没有什么名花,野卉倒也长得顶得意地。忙碌的蜜蜂,两只小腿粘着些少花粉,还在采集着。蚂蚁为争一条烂残的蚱蜢腿,在枯藤底根本上争斗着。落网底小蝶,一片翅膀已失掉效用,还在挣扎着。这也是生趣底示现,不过意味有点不同罢了。

　　闲谈着,已见日丽中天,前面宛平城也在域之内了。宛平城在卢沟桥北,建于明崇祯十年,名叫"拱北城",周围不及二里,只有两个城门,北门是顺治门,南门是永昌门。清改拱北为拱极,永昌门为威严门。南门外便是卢沟桥。拱北城本来不是县城,前几年因为北平改市,县衙才移到那里去,所以规模极其简陋。从前它是个卫城,有武官常驻镇守着,一直到现在,还是一个很重要的军事地点。我们随着骆驼队进了顺治门,在前面不远,便见了永昌门。大街一条,两边多是荒地。我们到预定的地点去探访,果见一个庞大的铜佛头和一些铜像残体横陈在县立学校里底地上。拱北城内原有观音庵与兴隆寺,兴隆寺内还有许多已无可考底广慈寺底遗物,那些铜像究竟是属于哪寺底也无从知道。我们摩挲了一回,才到卢沟桥头底一家饭店午膳。

自从宛平县署移到拱北城,卢沟桥便成为县城底繁要街市。桥北底商店民居很多,还保存着从前中原数省入京孔道底规模。桥上底碑亭虽然朽坏,还矗立着。自从历年底内战,卢沟桥更成为戎马往来底要冲,加上长辛店战役底印象,使附近的居民都知道近代战争底大概情形,连小孩也知道飞机,大炮,机关枪都是做什么用底。到处墙上虽然有标语贴着底痕迹。而在色与量上可不能与卖药底广告相比。推开窗户,看着永定河底浊水穿过疏林,向东南流去,想起陈高底诗:"芦沟桥西车马多,山头白日照清波。毡庐亦有江南妇,愁听金人出塞歌。"清波不见,浑水成潮,是记述与事实底相差,抑昔日与今时底不同,就不得而知了。但想象当日桥下雅集亭底风景,以及金人所掠江南妇女,经过此地底情形,感慨便不能不触发了。

从卢沟桥上经过底可悲可恨可歌可泣的事迹，岂止被金人所掠底江南妇女那一件？可惜桥栏上蹲着底石狮子个个只会张牙咧眦结舌无言，以致许多可以稍留印迹底史实，若不随蹄尘飞散，也教轮辐压碎了。我又想着天下最有功德的是桥梁。它把天然的阻隔连络起来，它从这岸度引人们到那岸。在桥上走过底是好是歹，于它本来无关，何况在上面走底不过是长途中底一小段，它哪能知道何者是可悲可恨可泣呢？它不必记历史，反而是历史记着它。卢沟桥本名广利桥，是金大定二十七年始建，至明昌二年（公元1189至1192）修成底。它拥有世界的声名是因为曾入马哥博罗①底记述。马哥博罗记作"普利桑干"，而欧洲人都称它做"马哥博罗桥"，倒失掉记者赞叹桑干河上一道大桥底原意了。中国人是擅于修造石桥底，在建筑上只有桥与塔可以保留得较为长久。中国底大石桥每能使人叹为鬼役神工，卢沟桥底伟大与那有名的泉州洛阳桥和漳州虎渡桥有点不同。论工程，它没有这两道桥底宏伟，然而在史迹上，它是多次系着民族安危。纵使你把桥拆掉，卢沟桥底神影是永不会被中国人忘记底。这个在"七七"事件发生以后，更使人觉得是如此。当时我只想着日军许会从古北

---

① 马哥博罗，通译马可·波罗（约1254—1324），意大利旅行家、商人。

口入北平，由北平越过这道名桥侵入中原，决想不到火头就会在我那时所站底地方发出来。

在饭店里，随便吃些烧饼，就出来，在桥上张望。铁路桥在远处平行地架着。驼煤底骆驼队随着铃铛底音节整齐地在桥上迈步。小商人与农民在雕栏下作交易上很有礼貌地计较。妇女们在桥下浣衣，乐融融地交谈。人们虽不理会国势底严重，可是从军队里宣传员口里也知道强敌已在门口。我们本不为做间谍去底，因为在桥上向路人多问了些话，便教警官注意起来，我们也自好笑。我是为当事官吏底注意而高兴，觉得他们时刻在提防着，警备着。过了桥，便望见实柘山，苍翠的山色，指示着日斜多了几度，在砾原上流连片时，暂觉晚风拂衣，若不回转，就得住店了。"卢沟晓月"是有名的。为领略这美景，到店里住一宿，本来也值得，不过我对于晓风残月一类的景物素来不大喜爱。我爱月在黑夜里所显底光明。晓月只有垂死的光，想来是很凄凉的。还是回家罢。

我们不从原路去，就在拱北城外分道。刘先生沿着旧河床，向北回海甸去。我捡了几块石头，向着八里庄那条路走。进到阜城门，望见北海底白塔已经成为一个剪影贴在洒银底暗蓝纸上。

167

女子底服饰

人类说是最会求进步底动物，然而对于某种事体发生一个新意见底时候，必定要经过许久的怀疑，或是一番的痛苦，才能够把它实现出来。甚至明知旧模样旧方法底缺点，还不敢"斩钉截铁"地把它改过来咧。好像男女底服饰，本来可以随意改换底。但是有一度的改换，也必费了好些唇舌在理论上做工夫，才肯羞羞缩缩地去试行。所以现在男女底服饰，从形式上看去，却比古时好；如果从实质上看呢？那就和原人底装束差不多了。

服饰底改换，大概先从男子起首。古时男女底装束是一样底，后来男女有了分工底趋向，服饰就自然而然地随着换啦。男子底事业越多，他底服饰越复杂，而且改换得快。女子底工作只在家庭里面，而且所做底事与服饰没有直接底关系，所以它底改换也就慢了。我们细细看来，女子底服饰，到底离原人很近。

现时女子底服饰，从生理方面看去，不合适底地方很多。她们所谓之改换底，都是从美观上着想。孰不知美要出于自然才有价值，若故意弄成一种不自然的美，那缠脚娘走路底婀娜模样也可以在美学上占位置了。我以为现时女子底事业比往时宽广得多，若还不想去改换她们底服饰，就恐怕不能和事业适应了。

事业与服饰有直接的关系，从哪里可以看得出来呢？比如欧洲在大战以前，女子底服饰差不多没有什么改变。到战事发生以后，好些男子底事业都要请女子帮忙。她们对于某种事业必定不能穿裙去做底，就换穿裤子了；对于某种事业必定不能带长头发去做底，也就剪短了。欧洲底女子在事业上感受了许多不方便，方才把服饰渐渐地改变一点，这也是证明人类对于改换底意见是很不急进底。新社会底男女对于种种事情，都要求一个最合适底方法去改换它。既然知道别人因为受了痛苦才去改换，我们何不先把它改换来避去等等痛苦呢？

在现在的世界里头，男女的服饰是应当一样底。这里头底益处很大，我们先从女子的服饰批评一下，再提那改

169

换底益处罢。我不是说过女子底服饰和原人差不多吗？这是由哪里看出来底呢？

第一样是穿裙。古时的男女没有不穿裙底。现在底女子也少有不穿裙底。穿裙的缘故有两种说法：（甲）因为古时没有想出缝裤底方法，只用树叶或是兽皮往身上一团；到发明纺织底时候，还是照老样子做上。（乙）是因为礼仪底束缚。怎么说呢？我们对于过去底事物，很容易把他当作神圣。所以常常将古人平日底行为，拿来当仪式的举动；将古人平日底装饰，拿来当仪式的衣冠。女子平日穿裤子是服装进步底一个现象。偏偏在礼节上就要加上一条裙，那岂不是很无谓吗？

第二样是饰品。女子所用的手镯脚钏指环耳环等等物件，现在底人都想那是美术的安置；其实从历史上看来，这些东西都是以女子当奴隶底大记号，是新女子应当弃绝底。古时希伯来人的风俗，凡奴隶服役到期满以后不愿离开主人底，主人就可以在家神面前把那奴隶底耳朵穿了，为底是表明他已经永久服从那一家。希伯来语"נֶזֶם"Ne-zem有耳环鼻环两个意思。人类有时也用鼻环，然而平常都是兽类用底。可见穿耳穿鼻决不是美术的要求，不过是表明一个永久的奴隶底记号便了，至于手镯脚钏更是明而易见底，可以不必说了。有人要问耳环手镯等物既然是奴隶用底，为什么从古以来这些东西都是用很实底材料去做呢？这可怪不得。人底装束有一分美的要求是不必说底，"披毛戴角编贝文身"，就是美的要求，和手镯耳环绝不相同底。用贵重的材料去做这些东西大概是在略婚时代以后。那时底女子虽说是由父母择配，然而父母底财产一点也不能带去，父母因为爱子底缘故，只得将贵重的材料去做这些装饰品，一来可以留住那服从底记号，二来可以教子女间接地承受产业。现在底印度人还有类乎这样底举动。印度女子也是不能承受父母底产业底，到要出嫁底时候，父母就用金镑或是银钱给她做装饰。将金镑连起来当饰品，也就没有人敢说那是父母底财产了。印度底新妇满身用"金镑链子"围住，也是和用贵重的材料去做装饰一样。不过印度人底方法妥当而且直接，不像用金银去打首饰底周折便了。

第三样是留发。头上底饰品自然是因为留长头发才有底，如果没有长头发，首饰也就无所附着了。古时底人类和现在底蛮族，男女留发底很多，断发底倒是很少。我想在古时候，男女留长头发是必须底，因为头发和他们底事业有直接的关系。人类起首学扛东西底方法，就是用头颅去顶底（现在好些古国还有这样底光景），他们必要借着头发做垫子。全身底毫毛惟独头发格外地长，也许是由于这个缘故发达而来底。至于当头发做装饰品,还是以后底事。装饰头发底模样非常之多,都是女子被男子征服以后,女子在家里没事做底时节,就多在身体底装饰上用功夫。那些形形色色的髻子辫子都是女子在无聊生活中所结下来底果子。现在有好些爱装饰底女子,梳一个头就要费了大半天底工夫,可不是因为她们底工夫太富裕吗?

由以上三种事情看来,女子要在新社会里头活动,必定先要把她们底服饰改换改换,才能够配得上。不然,必要生出许多障碍来。要改换女子底服饰,先要选定三种要素——

(甲)要合乎生理。缠脚束腰结胸穿耳自然是不合生理底。然而现在还有许多人不曾想到留发也是不合生理底事情。我们想想头颅是何等贵重底东西,岂忍得教它"纳垢藏污"吗?要清洁,短的头发倒是很方便,若是长底呢?那就非常费事了。因为头发积垢,就用油去调整它;油用得越多,越容易收纳尘土。尘土多了,自然会变成"霉菌客栈",百病底传布也要从那里发生了。

(乙)要便于操作。女子穿裙和留发是很不便于操作底。人越忙越觉得时间短少,现在底女子忙底时候快到了,如果还是一天用了半天底工夫去装饰身体,那么女子底工作可就不能和男子平等了。这又是给反对妇女社会活动底人做口实了。

（丙）要不诱起肉欲。现在女子底服饰常常和色情有直接的关系。有好些女子故意把她们底装束弄得非常妖冶，那还离不开当自己做玩具底倾向。最好就是废除等等有害底文饰，教凡身上底一丝一毫都有真美底价值，绝不是一种"卖淫性底美"就可以咧。

要合乎这三种要素，非得先和男子底服装一样不可，男子底服饰因为职业底缘故，自然是很复杂。若是女子能够做某种事业，就当和做那事业底男子底服饰一样。平常底女子也就可以和平常底男子一样。这种益处：一来可以泯灭性的区别；二来可以除掉等级服从底记号；三来可以节省许多无益的费用；四来可以得着许多有用的光阴。其余底益处还多，我就不往下再说了。总之，女子底服饰是有改换底必要底，要改换非得先和男子一样不可。

男子对于女子改装底怀疑，就是怕女子显出不斯文底模样来。女子自己的怀疑，就是怕难于结婚。其实这两种观念都是因为少人敢放胆去做才能发生底。若是说女子"断发男服"起来就不斯文，请问个个男子都不斯文吗？若说在男子就斯文，在女子就不斯文，那是武断底话，可以不必辩了。至于结婚底问题是很容易解决底。从前鼓励放脚底时候，也是有许多人怀着"大脚就没人要"底鬼胎，现在又怎样啦？若是个个人都要娶改装底女子，那就不怕女子不改装；若是女子都改装，也不怕没人要。

"七七"感言

欧洲有些自然科学家，以为战争是大自然底镰刀，用来修削人类中底枯枝败叶底。我不知道这话底真实程度有多高，我所知底是在人类还未达到"真人类"底阶段，战争是不能避免底。这所谓"真人类"，并非古生物学的，而是文化的。文化的真人是与物无贪求，于人无争持底。因为生物的人还没进化到文化的人，所以他底行为，有时还离不开畜道。在畜道上才有战争，在人道与畜道相遇时也有战争。畜生们为争一只腐鼠，也可以互相残啮到膏滴血流，同样地，它们也可以侵犯人。它们是不可以理喻底。在人道底立脚点上说，凡用非理的暴力来侵害他人底，如理论道绝底时候，当以暴力去制止它，使畜道不能在光天化日之下猖獗起来。

　　说了一大套好像不着边际底话，作者到底是何所感而言呢？他觉得许多动物虽名为人，而具有牛头马面狼心狗肺底太多，严格说起来还不能算是人，因此联想到畜道在人间底传染。童话里底"熊人""虎姑""狐狸精"，不过是"畜人"。至于"人狼""人狗""人猫""人马"，这简直是"人畜"。这两周年底御日工作也许会成将来很好的童话资料，我们理会暴日虽戴着"王道"底面具，在表演时却具足了畜道底特征。我们不可不知在我们中间也有许多堕在畜道上。此中最多的是"狗"和"猫"。我们中间底"人狗""人猫"，最可恶的有吠家狗引盗狗，饕餮猫与懒惰猫。两年间底御日工作可以说对得人住，对得祖宗天地住。但是对于打狗轰猫这种清理家内底工作却令人有点不满意。

　　在御×工作吃紧底期间，忽然从最神圣的中枢里发出类乎向×乞怜底猖声，或不站在自己底岗位，而去指东摘西底，是吠家狗。甘心引狼入宅，吞噬家人底是引盗狗。我们若看见海港里运来一切御×时期所不需底货物，尤其是从"××船"来底，与大批底原料运到东洋大海去，便知道那是不顾群众利益，只求个人富裕底饕餮猫底所行。用公款做投机事业，对于国家购入底品物抽取回扣，或以劣替优，以贱充贵，也是饕餮猫底行径。具有特殊才干，在国家需要他底时候，却闭着眼，抚着耳，远远地躲在安全地带，那就是懒惰猫。这些人狗，人猫，多如牛毛，我们若不把它们除掉就不能脱离畜道在家里横行，虽有英勇的国士在疆场上与狼奋斗着，也不能令人不起功微事繁底感想。所以我们要加紧做打狗轰猫底工作。

又有些人以为民众知识缺乏，所以很容易变成迷途的羔羊，而为猫狗甚至为狼所利用。可是知识是不能绝对克服意志底，我们所怕底是意志薄弱易陷于悲观底迷途的牧者。在危难期间，没有迷途的羔羊，有底是迷途的牧者。我底意思不是鼓励舍弃知识，乃是要指出意志要放在知识之上，无论成败如何，当以正义底扶持为准绳，以人道底出现为极则。人人应成为超越的男女，而非卑劣的羔羊。人人在力量上能自救，在知识上能自存，在意志上能自决，然后配称为轩辕底子孙。这样我们还得做许多积极工作。一方面要摧毁败群的猫狗，一方面要扶植有为的男女，使他们成为优越的人类。非得如此，不能自卫，也不能救人，不配自卫，也不配救人。所以此后我们一部分的精神应贯注在整理内部，使我们底威力更加充实。那么，就使那些比狼百倍厉害底野兽来侵犯我们，我们也可以应付得来。为人道努力底人们，我们应当在各方面加紧工作，才不辜负两年来为这共同理想而牺牲底将士和民众。

今　天

　　陈眉公先生曾说过，"天地有一大账簿：古史，旧账簿也；今史，新账簿也。"他底历史账簿观，我觉得很有见解。记账底目的不但是为审察过去的盈亏来指示将来的行止，并且要清理未了底账。在我们底"新账簿"里头，被该底账实在是太多了。血账是页页都有，而最大的一笔是从三年前底七月七日起到现在被掠去底生命，财产，土地，难以计算。我们要擦掉这笔账还得用血，用铁，用坚定的意志来抗战到底。要达到这目的，不能不仗着我们底"经理们"与他们手下底伙计底坚定意志，超越智慧，与我们股东底充足的知识，技术，和等等底物质供给。再进一步，当要把各部分底机构组织到更严密，更有高度的效率。

"文官不爱钱，武将不惜死"底名言是我们听熟了底。自军兴以来，我们底武士已经表现他们不惜生命以卫国底大牺牲与大忠勇的精神。但我们文官底中间，尤其是掌理财政底一部分人，还不能全然走到"不爱钱"底阶段，甚至有不爱国币而爱美金的。这个，许多人以为是政治还不上轨道底现象，但我们仍要认清这是许多官人底道德败坏，学问低劣，临事苟办，临财苟取底结果。要擦掉这笔"七七"底血账，非得把这样的坏伙计先行革降不可。不但如此，在这抵抗侵略底圣战期间，不爱钱，不惜死之上还要加上勤快和谨慎。我们不但不爱钱，并且要勤快办事；不但不惜死，并且要谨慎作战。那么，日人底凶焰虽然高到万丈，当会到了被扑灭底一天。

在知识与技术底供献方面，几年来不能说是没有，尤其是在生产底技术方面，我们的科学家已经有了许多发明与发现（请参看卓芬先生底《近年生产技术的改进》。香港《大公报》二十九年七月五日特论）。我们希望当局供给他们些安定的实验所和充足的资料，因为物力财力是国家底命脉所寄，没有这些生命素，什么都谈不到。意志力是寄托在理智力上头底。这年头还有许多意志力薄弱的叛徒与国贼民贼底原因，我想就是由于理智底低劣。理智低劣底人，没有科学知识，没有深邃见解，没有清晰理想，所以会颓废，会投机，会生起无须要的悲观。这类底人对于任何事情都用赌博底态度来对付。遍国中这类赌博底人当不在少数。抗战如果胜利，在他们看来，不过是运气好，并非我们底能力争取得来底。这样，哪里成呢？所以我们要消灭这种对于神圣抗战底赌博精神。知识与理想底栽培当然是我们动笔管底人们底本分。有科学知识当然不会迷信占卜扶乩，看相算命一类的事，赌博精神当然就会消灭了。迷信是削弱民族意志力底毒刃，我们从今日起，要立志扫除它。

物质的浪费是削弱民族威力底第二把恶斧。我们都知道我们是用外货底国家，但我们都忽略了怎样减少滥用与浪费底方法。国民底日用饮食，应该以"非不得已不用外物"为宗旨。烟酒脂粉等等消耗，谋国者固然应该设法制止，而在国民个人也须减到最低限度。大家还要做成一种群众意见，使浪费者受着被人鄙弃底不安。这样，我们每天便能在无形中节省了许多有用的物资，来做抗建底用处。

我们很满意在这过去的三年间，我们底精神并没曾被人击毁，反而增加更坚定的信念，以为民治主义底卫护，是我们正在与世界底民主国家共同肩负着底重任。我们底命运固然与欧美的民主国家有密切的联系，但我们底抗建还是我们自己的，稍存依赖底心，也许就会摔到万丈底黑崖底下。破坏秩序者不配说建设新秩序。新秩序是能保卫原有的好秩序者底职责。站在盲的蛮力所建底盟坛上底自封自奉的民主，除掉自己仆下来，盟坛被拆掉以外，没有第二条路可走，因为那盟坛是用不整齐，没秩序和腐败的砖土所砌成底。我们若要注销这笔"七七"底血账，须常联合世界的民主工匠来毁灭这违理背义的盟坛。一方面还要加倍努力于发展能力底各部门，使自己能够达到长期自给，威力累增底地步。

祝自第四个"七七"以后的层叠胜利，希望这笔血账不久会从我们底新账簿擦除掉。

读书谈

一国的艺术精神都常寓在笔法上头。

创作底三宝和鉴赏底四依

雁冰，圣陶，振铎诸君发起创作讨论，叫我也加入。我知道凡关于创作底理论他们一定说得很周到，不必我再提起，我对于这个讨论只能用个人如豆的眼光写些少出来。

现代文学界虽有理想主义（Idealism）和写实主义（Realism）两大倾向，但不论如何，在创作者这方面写出来底文字总要具有"创作三宝"才能参得文坛底上禅。创作底三宝不是佛、法、僧，乃是与此佛、法、僧同一范畴底智慧、人生和美丽。所谓创作三宝不是我底创意，从前欧西的文学家也曾主张过。我很赞许创作有这三种宝贝，所以要略略地将自己底见解陈述一下。

（一）智慧宝：创作者个人的经验，是他的作品底无上根基。他要受经验底默示，然后所创作底方能有感力达到鉴赏者那方面。他底经验，不论是由直接方面得来，或者由间接方面得来，只要从他理性的评度，选出那最玄妙的段落——就是个人特殊的经验有裨益于智慧或识见底片段——描写出来。这就是创作底第一宝。

（二）人生宝：创作者底生活和经验既是人间的，所以他底作品需含有人生的元素。人间生活不能离开道德的形式。创作者所描写底纵然是一种不道德的事实，但他底笔力要使鉴赏者有"见不肖而内自省"底反感，才能算为佳作。即使他是一位神秘派、象征派，或唯美派底作家，他也需将所描那些虚无缥缈的，或超越人间生活的事情化为人间的，使之和现实或理想的道德生活相表里。这就是创作底第二宝。

（三）美丽宝：美丽本是不能独立的，他要有所附丽才能充分地表现出来。所以要有乐器、歌喉，才能表现声音美；要有光暗、油彩，才能表现颜色美；要有绮语、丽词，才能表现思想美。若是没有乐器，光暗，言文等，那所谓美就无着落，也就不能存在。单纯的文艺创作——如小说、诗歌之类——底审美限度只在文字底组织上头；至于戏剧，非得具有上述三种美丽不可。因为美有附丽的性质，故此，列它为创作底第三宝。

虽然，这三宝也是不能彼此分离底。一篇作品，若缺乏第二、第三宝，必定成为一种哲学或科学底记载；若是只有第二宝，便成为劝善文；只有第三宝，便成为一种六朝式的文章。所以我说这三宝是三是一，不能分离。换句话说，这就是创作界底三位一体。

已经说完创作底三宝，那鉴赏底四依是什么呢？佛教古德说过一句话："心如工画师，善画诸世间。"文艺的创作就是用心描画诸世间底事物。冷热诸色，在画片上本是一样地好看，一样地当用。不论什么派底画家，有等擅于用热色，喜欢用热色；有等擅于用冷色，喜欢用冷色。设若鉴赏者是喜欢热色底，他自然不能赏识那爱用冷色底画家底作品。他要批评（批评就是鉴赏后底自感）时，必须了解那主观方面底习性、用意和手法才成。对于文艺底鉴赏，亦复如是。

现在有些人还有那种批评的刚愎性，他们对于一种作品若不了解，或不合自己意见时，不说自己不懂，或说不符我见，便尔下一个强烈的否定。说这个不好，那个不妙。这等人物，鉴赏还够不上，自然不能有什么好批评。我对于鉴赏方面，很久就想发表些鄙见，现在因为讲起创作，就联到这问题上头。不过这里篇幅有限，不能容尽量陈说，只能将那常存在我心里底鉴赏四依提出些少便了。

佛家底四依是："依义不依语；依法不依人；依智不依识；依了义经不依不了义经。"鉴赏家底四依也和这个差不多。现时就在每依之下说一两句话——

（一）依义：对于一种作品，不管他是用什么方言，篇内有什么方言参杂在内，只要令人了解或感受作者所要标明底义谛，便可以过得去。鉴赏者不必指摘这句是土话，那句不雅驯，当知真理有时会从土话里表现出来。

（二）依法：须要明了主观——作者——方面底世界观和人生观，看他能够在艺术作品上充分地表现出来不能，他底思想在作品上是否有系统。至于个人感情需要暂时搁开，凡有褒贬不及人，不受感情转移。

（三）依智：凡有描写不外是人间的生活，而生活底一段一落，难保没有约莫相同之点，鉴赏者不能因其相像而遂说他是落了旧者窠臼底。约莫相同的事物很多，不过看创作者怎样把他们表现出来。譬如一件很平常的事情，在常人视若无足轻重，然而一到创作者眼里便能将自己底观念和那事情融化，经他一番地洗染，便成为新奇动听的创作。所以鉴赏创作，要依智慧，不要依赖一般识见。

（四）依了义：有时创作者底表现力过于超迈，或所记情节出乎鉴赏者经验之外，那么，鉴赏者须在细心推究之后才可以下批评。不然，就不妨自谦一点，说声："不知所谓，不敢强解。"对于一种作品，若是自己还不大懂得，那所批评底，怎能有彻底的论断呢？

总之，批评是一种专门工夫，我也不大在行，不过随缘诉说几句罢了。有的人用批八股文或才子书底方法来批评创作，甚至毁誉于作者自身。若是了解鉴赏四依，哪会酿成许多笔墨官司！

中国美术家底责任

美术家对于实际生活是最不负责任底。我在此地要讲美术家底责任，岂不是与将孔雀来拉汽车同一样的滑稽！但我要指出底"责任"，并非在美术家底生活以外，乃是在他们底生活以内底事情。

一个木匠，在工作之先，必须明白怎样使用他底工具，怎样搜集他底材料和所要制造底东西底意义，然后可以下手。美术家也是如此，他底制作必当含有方法，材料，目的，三样要素。艺术底目的每为美学家争执之点，但所争执底每每离乎事实而入于玄想。有许多人以为美的理想底表现便是艺术底目的，这话很可以说得过去，但所谓美的理想是因空间和时间底不同而变异底。空间不同，故"艺术无国界"底话不能尽确。时间不同，故美的观念不能固定。总而言之，即凡艺术多少总含着地方色彩和时代色彩，虽然艺术家未尝特地注意这两样而于不知不觉中大大影响到他底作品上头，是一种不可抹杀的事实。

我国艺术从广义说，向分为"技艺"与"手艺"二种。前者为医，卜，星，相，堪舆，绘画；后者为栽种，雕刻，泥作，木作，银匠，金工，铜匠，漆匠乃至皮匠石匠等等手工都是。这自然是最不科学的分法，可是所谓"手艺"，都可视为"应用艺术"，而技艺中底绘画即是纯粹艺术。

中国的纯粹艺术有绘画写字，和些少印文的镌刻。故"美术"这两个字未从日本介绍进来之前，我们名美术为金石书画。但纯粹艺术是包含歌舞等事底。故我们当以美术为广义的艺术，而艺术指绘画等而言。

我国艺术，近年来虽呈发达底景象，但从艺术底气魄一方面讲起来，依我底知识所及，不但不如唐五代底伟大，即宋元之靡丽亦有所不如。所谓"艺术底气魄"，就是指作品感人底能力和艺术家底表现力。这原故是因为今日的艺术家只用力于方法上头，而忽略了他们所住的空间和时间。这个毛病还可以说不要紧，更甚的是他们忘记我们祖宗教给他们底"笔法"。一国的艺术精神都常寓在笔法上头，艺术家都把它忽略了。故我们今日没有伟大的作品是不足怪底。

世间没有一幅画是无意义，是未曾寄写作者底思想底。留学于外国底艺术家运笔方法尽可以完全受别人的影响，但运思方法每不能自由采用外国的理想。何以故？因为各国人，都有各自的特别心识，各自的生活理想，各自的生活问题。艺术家运用他底思想时，断不能脱掉这三样底限制。这三样也就是形成"国性"和"国民性"底要点。今日的艺术思想好像渐趋一致，其原故有二：一因东西底交通频繁，在运笔底方法上，西洋画家受了东洋画家底教训不少；二因近数十年来，世界里没有一国真实享了康乐的幸福，人民底生活都呈恐慌和不安的状态，故无论哪一国底作品，不是带着悲哀狂丧的色调，便是含着祈求超绝能力底愿望。可是从艺术家底内部生活看起来，他们所表现底"国性"或"国民性"仍然存在。如英国画家，仍以自然美底描写见长，盎格鲁-撒克逊人本是自然底崇拜者，故他们底画派是自然的写实的，"诚实的表现"便是他们底笔法，故英国画仍是很率直，不喜欢为抽象的或戏剧的描写。拉丁民族，比较地说，是情绪的。法国画在过去这半世纪中，人都以它底印象派为新艺术底冠冕，现在的人虽以它为陈腐，为艺术史上底陈迹，但从它流衍下来底许多派别多少还含着祖风。印象派诚然是拉丁新艺术底冠冕，故其所流衍下来底诸派不外是要尽量地将个人的情绪注入自然现象里头。反对自然主义是现代法国画派底特彩。因为拉丁的民族性使他们不以描写自然为尚，各人只依自己所了解底境地描写，即所谓自由主义和自表主义是。此外如条顿民族底注重象征主义，虽以近日德国画家致力于近代主义，而其象征的表现仍不能免。这都是因为各国底生活问题和理想不同所致。

艺术理想底传播比应用艺术难。我们容易乐用西洋各种的美术工艺品，而对于它底音乐跳舞和绘画底意义还不能说真会鉴赏。要鉴赏外国的音乐比外国的绘画难，因为音乐和语言一样，听不懂就没法子了解。绘画比较地容易领略，因为它是记在纸上或布上底拂扬姿势，用拂扬来表示情意是人类所共有，而且很一致，如"是"则点头，"否"则摇头，"去"则撒手，"来"则招手，等等，都是人人所能理会底。近代艺术正处在意见冲突底时代，因为东亚底艺术理想输入西欧，西欧底艺术方法输入东亚，两方完全不同的特点，彼此都看出来了。近日西洋画家受日本画底影响很大，但他们并不是像十几年前我们底画家所标题底"折衷画派"。这一点是我们应当注意底，他们对于东洋画底研究，在原则方面比较好奇心更大，故他们底作品在结构上或理想上虽间或采用东洋方法，而其表现仍带着很重的地方色彩和国性。

我国绘画底特质就是看画是诗的,是寄兴的。在画家底理想中每含着佛教和道家底宗教思想,和儒家底人生观。因为纯粹的印度思想不能尽与儒家融合,故中国的佛教艺术每以印度底神秘主义为里而以儒家底实际的人生主义为表。这一点,我们可以拿王摩诘,吴道子和李龙眠底作品出来审度一下,就可以看出来。"诗"是什么呢?就是实际生活与神秘感觉底融合底表现。这融合表现于语言上时,即是诗歌词赋;表现于声音上,即为音乐;表现在动作上,即为舞蹈戏剧;表现于色和线上,即是绘画。所以我们叫绘画为"无声诗",我们古代的画家感受印度思想,在作品底表面上似乎脱了神秘的色彩,而其思想所寄,总超乎现实之外。故中国画之理想,可以简单地说,即是表现自然世界与理想生活底混合。在山水画中,这样的事实最为显然。画家虽然用了某座名山,某条瀑布为材料,而在画片上尽可以有一峰一石从天外飞来。在画中底人间生活也是很理想的,看他底取材多属停车看枫,骑驴寻故,披蓑独钓,倚琴对酌,等等不慌不忙的生活。画家以此抒其情怀,以此写其感乐,故虽稍微入乎理想,仍不失为实际生活底表现。我国底绘画理想既属寄兴,故画家多是诗人,画片上可以题诗;故画与诗只有有声和无声底差别。我想这一点就是我们底理想中,"画工"和"画家"不同的地方。我希望今日的画家负责任去保存这一个特点。

今日的画家竞尚西洋画风,几乎完全抛弃我们固有的技能,是一种很可伤心的事。我不但不反对西洋画,并且要鼓励人了解西洋画底理想,因为这可以做我们底金铿。我国绘画底弊端,是偏重"法则",或"家法"方面,专以仿拟摹临为尚,而忽略了个性表现,结果是使艺术落于传统底圈套,不能有所长进。我想只有西洋的艺术思想可以纠正这个方家或法家思想底毛病。不过囫囵的模仿西洋与完全固守家法各都走到极端,那是不成底。我们当复兴中国固有的画风,汉画与西洋画都是方法上底问题,只要作品,不论是用油用水,人家一见便认出是中国人写底那就可以了。

我觉得我国自古以来便缺乏历史画家。我在十几年前,三兄敦谷要到日本底时候便劝他致力于此。但后来我们感觉得有一个绝大的原因,使我们缺乏这等重要的画家,就是我们并没注意保存历史的名迹及古代的遗物。间或有之,前者不过为供"骚人""游客"之流连,间或毁去重建,改其旧观,自北京底天宁寺,而武昌底黄鹤楼,而广州底双门,等等,等等,改观底改观,毁拆底毁拆,伤心事还有比这个更甚的么?至于古代彝器底搜集,多落于豪贵之户,未尝轻易示人，且所藏底范围也极狭隘，吉金，乐石，戈镞，帛布以外，罕有及于人生日用底品物，纵然有些也是真赝杂厕，难以辨识。于此，我们要知道考古学与历史画底关系非常密切，考古学识不足，即不能产生历史画像。不注意于保存古物古迹，甚至连美术家也不能制作。我曾说我们以画为无声诗，所以增加诗的情感，惟过去的陈迹为最有力。这点又是我们所当注意底。我们今日没有伟大的作品，是因为画家底情感受损底原故。试看雷峰一倒，此后画西湖底人底感情如何便知道了。他们绝以不描写哈同底别庄为有兴趣，故知古代建筑底保存和修筑是今日的美术家应负提倡及指导底责任，美术家当与考古家合作，然后对于历史事物底观念正确，然后可以免掉画汉朝人物着宋朝衣冠底谬误。于此我要声明我并非提倡过去主义（经典派或古典派），因为那与未来主义同犯了超乎时代一般的鉴赏能力之外。未来主义者以过去种种为不善不美，不属理想，然而，若没有过去，所谓美善底情绪及情操亦无从发展。人间生活是连续的。所谓过去已去，现在不住，未来未到，便是指明这连续的生活一向进前，无时休息底。因无休息，故所谓"现在"不能离过去与未来而独存。我们底生活依附在这傍不住的时间底铁环上，也只能记住过去底历程和观望未来底途径。艺术家底唯一能事便在驾御这时间底铁环使它能循那连续的轨道进前，故他底作品当融含历史的事实与玄妙的想象。由前之过去印象与后之未来感想，而造成他现在的作品。前者所以寄情，后者所以寓感，一个艺术家应当寄情于过去底事实，和寓感于未来底想象，于此，有人家要说，艺术是不顾利害，艺术家只为艺术而制作，不必求其用处。但"为艺术而艺术"底话，直与商人说，"我为经商而经商"，官吏说"我为做官而做官"同一样无意义，艺术家如不能使人间世与自然界融合，则他底作品必非艺术品。但他所寄寓的不但要在时间底铁环，并且顾及生活的轨道上头。艺术家底技能在他能以一笔一色指出人生底谬误或价值之所在，艺术虽不能使人抉择其行为底路向，但它能使人理会其行为底当与不当却很显然。这样看来，历史画自比静物画伟大得多。

末了，我很希望一般艺术家能于我们固有的各种技艺努力。我国自古号为衣冠文物之邦，而今我们底衣冠文物如何？讲起来伤心得很，新娘子非西式的白头纱不蒙，大老爷非法定的大礼帽不戴；小姐非钢琴不弹唱，非互搂不舞蹈；学生非英法菜不吃，非"文明杖"不扶！所谓自己的衣冠文物荡然无存。艺术家又应当注意到美术工艺底发展。我们底戏剧，音乐，建筑，衣服等等并不是完全坏，完全不美，完全不适用，只因一般工匠与艺术家隔绝了，他们底美感缺乏，才会走到今日底地步。故乐器底改造，衣服底更拟，等等关于日常生活底事物，我们当有相当的供献，总而言之，国献运动是今日中国艺术家应当力行底，要记得没有本国底事物，就不能表现国性；没有美的事物，美感亦无从表现。大家努力罢。

读书谈

读书是一件难事：有志气，没力量读不了；有力量，没天分，读不好；有天分，没专攻，读不饱；既专攻，没深思，读不透。其余层层叠叠的困难，要说起来还可以扯得很长。读书是不容易，却不是不可能，即如没有天分，没有力量底人，若是不怕困难，勇猛为学，日子深了，纵然没有多大的成就，小成功总不会没有。我信将来人们读书必定比较容易。从行为说，能读以前，必须先费好些时间去认字和读文法，这也是增加读书底困难底一件事，但今后"有声书"必会渐次发达，使人不认得字也可以听书。"有声书"依着话片或有声电影片底原理，一打开书，机器便会把其中的意义放送出来。虽然如此，"无声书"也不见得立刻便会站在被淘汰之列。文字比语言较有恒久性，所寓底意义也比较明了。这话也许不对，但目下情形，听书底习惯还没形成以前，读书底困难，虽然图书馆很方便也还没把前头所说底种种困难移掉。这里没有谈书籍底将来，因为这个问题一开展起来，也可说得很多，所以要言归正传，只拿一个"读"字来说。

在这小文里，我把读书分做三部分来说。第一，读书底目的。第二，读书底方法。第三，读书人对于书底道德。

一、读书底目的

书不是人人必读底，不过，若是能读底话，就非读不可。我想读书底目的有三种：第一为生活，第二为知识，第三为修养。第一个目的是浅而易见的，要到社会混饭吃，又不愿意去"做手艺"，"当听差"，不在学堂里领一张文凭便不成功。再进一步说，若要手艺做得好，听差当得令人称意也非从书里去找出路不可。读书人，尤其是大学生，许多并没有做律师底天才，偏要去学法律；没有当医师底兴趣却要去习医学；因为"谋生"与"出路"无形中浪费了许多青年底时间，精神和金钱。所以在进大学或专门学校以前，学者应当先受学习能力与兴趣底测验，由专家指导他，向着与他合式底科目去学。若能这样办，读书为用底目的才算真正地达到。不然，所学非所用，或对于所学不忠实底事情一定不能免。如果兴趣或能力改变，自然还可以更换他底学与业，所不能有底，是学者持着"敲门砖"底态度，事一混得来，书本也扔了。

　　第二种目的，读书为求知识。这个目的可以说超出饭碗问题之上，纯为求知识而读书，以书为嗜好品，以书为朋友，以书为情人。读书为用，固然是必要的，然而求知识也是人生不可少的欲望。生活是靠知识培养底。一个人虽然不须出来混饭，知识却不能不要。有一次，同学李勋刚先生告诉我，说他有一个很骄傲的朋友，最看不起人抱着书来念，甚至反对人进学堂，那朋友说：我一向没进过学校，可以月月赚钱，读书尤其是入大学，是没用的。李先生回答他说：自然，像你有万贯家财，做事不做事没关系，可是念书并不单为做事，得知识，叫人不糊涂，岂不是也顶重要么？像我进过大学，虽然没赚得像些没进过大学底人们那么多钱，若是我底孩子病了，我决不会教他吃下四只蝎子。他这话是因那朋友在不久的过去，信巫医底话，把四只蝎子煅成灰，给他一个有病的儿子吃，不幸吃坏了！这事很可以指出知识是人生最要紧的一件事。有知识，便没有糊涂的行为。知识大半是从书本上得来。一个人常要经过乱读书底时期，才能进入拣书读底境地。乱读书只是寻求知识底初步，拣书读，才能算上了知识底轨道。

第三种目的是为修养。"读圣贤书，所学何事？"这话充分表现读书为修养底意思。古人读书底目的求知与修养是一贯的，因为读不成书底早当离开学校到市廛或田野去了。市廛与田野乃小人底去处，知识与修养不能从那些地方得来。这观念当然不正确，应是读一日书当获一日之益，读一日书，有一日之用。无论取什么职业，当以不舍书本为是。深奥的书不能读，浅近的书也应当读，不然，真会令人堕落到理智丧失底地步。读书只为利用与知识是不够底。用，要审时宜；知，要辨利害，要做到这一层，非有涵养不可。古人劝人以"不以情欲杀身，不以学术杀天下后世"，是表明修养底重要。我们可以说，所得于读书底，不但希望能在生活得成功，在理智得完备，并且在保持道德与意志底康健。

古人关于读书底名言很多，这里请依着上述三种目的选录些出来。也许有人会批评说那些都是酸秀才底腐话，但我觉得真实的话虽然古旧却不会腐败些毫。因为读者不见得对于底下所选底句句都能接受，所以要多选几条。

今之士，非尧舜文王，周，孔不谭，非《语》

《孟》《大学》《中庸》不观；言必称周，程，张，朱；学必曰致知格物；此自三代而后，所未有也，可谓盛矣！然豪杰之士不出；礼义之俗不成；士风日陋于一日；人才岁衰于一岁。而学校之所讲，逢掖之所谭，几若屠儿之礼佛，倡家之谈礼者，是可叹也。(牟允中《庸行编》卷二)

读书贵能用。读书不能用，是读书不识字也。郭登《咏蠹鱼》诗云：元来全不知文意，枉向书中过一生。(同上)圣贤之书所载皆天地古今万事万物之理。能因书以知理，则理有实用。由一理之微，可以包六合之大；由一日之近，可以尽千古之远。世之读书者生乎百世之后，而欲知百世之前，处乎一室之间，而欲悉天下之理，非书曷以致之？书之在天下，五经而下，若传，若史，诸子百家，上而天，下而地，中而人与物，固无一事之不具，亦无一理之不该学者诚即事而求之，则可以通三才而兼备乎万事万物之理矣。虽然，书不贵多而贵精，学必由博而守约。果能精而约之以贯其多与博，合其大而极于无余，会其全而备于有用，圣贤之道，岂外是哉？(《清圣祖庭训格言》)

米元章云，一日不读书，便觉思涩。想古人未尝片时废书也。(《庸行编》卷二)为学之道，莫先于穷理。穷理之要，必在于读书。(同上)古人书籍，近人著述，浩如烟海，人生目光之所及者，不过九牛之一毛耳。……知书籍之多，而吾所见者寡，则不敢以一得自喜，而当思择善而约守之。(曾国藩《求阙斋日记》)

君子之学非为富贵也，此心此理不可不明故也。为富贵而学，其学必不实，其理必不明，其德必不成者也。(《庸行编》卷二)

读书原是要识道理，务德业，并不只是为功名。若不慕天地之理，不究身心之业，纵使功名显贵，亦是不肖子孙。若道理明白可以立身，可以正家，可以应世处事，虽终身不得一衿，亦为祖父光荣。(张师载《课子随笔》)

吾辈读有字的书却要识无字的理。理岂在语言文字哉？只就此日，此时，此事，求个此心过得去的，便是理也。(《身世金箴》)

道理书尽读；事务书多读；文章书少读；闲杂书休读；邪妄书焚之可也。(吕坤《呻吟语》)

读书能使人寡过，不独明理。此心日与道俱，邪念自不得而乘之。(同上)

朱子云，读书之法当循序而有常，致一而不懈，从容乎句读文句之间，而体验乎操存践履之实，然后心静理明，渐见意味。不然，则虽广求博取，日诵五车，亦奚益于学哉？此言乃读书之至要也。人之读书本欲存诸心，体诸身，而求实得于己也，如不然，将书泛然读之，何用？凡读书人皆宜奉此为训也。（《庭训格言》）

先儒谓读书要能变化气质，盖人性无不善，气质却不免有醇疵，只要自己晓得疵处，便好用功去变化他。（《课子随笔》）

读书不希圣贤如铅椠佣；居官不爱子民如衣冠盗；讲学不尚躬行如口头禅；立业不思种德，如眼前花。（洪自诚《菜根谭》）

以上几条是从读书底目的讲，古人看读书底最重要的目的是修养，其次是知识，最后乃是应用。这三样很有连络起来底必要，只为一个目的而读书，恐怕不能得到书底真意味。

二、读书底方法

读书方法讲起来也没有"西法"和"中法""古法"和

"今法"底分别，不过古人书少，所读有限，因为虚心底原故，把一生工夫常用在注解古书上头。思想在无形中因而停滞。为达到上说三种目的，无论用什么方法都可以，但是个人性质不同研究材料底多少难易，使他采取一种适合的方法。古训中有许多地方教人怎样读书底。现在略引几条在底下。

为学先须立大规模，万物皆备于我，天地间孰非分内事？不学，安得理明而义精？既负七尺，亦负父兄，愧怍何如？工夫须是绵密，日积月累，久自有益，毋急躁，毋间断，病实相因，尤忌等待。眼前一刻，即百年中一刻，日月如流，志业不立，坐等待之故。（张履祥《澉湖塾约》）

一率作则觉有义味，日浓日艳，虽难事，不至成功不休；一间断则渐觉疏离，日畏日怯，虽易事，再使继续甚难。是以圣学在无息，圣心在不已。一息一已，难接难起，此学者之大惧也。（《呻吟语》）

读书不可有欲了底心，才有此心，便心在背后白纸去了，无益。须是紧着工夫，不可悠忽，又不须忙，小作课程，大施工力。如会读得二百字，只读一百字，却于百字中猛施工夫，理会仔细，徘徊顾恋，如不欲

去，如此，不会记性人亦记得，无识性人亦理会得。（《庸行编》卷二）

凡人读书或学艺每自谓不能者事自误其身也。中庸有云："有弗学，学之弗能，弗措也，……人一能之，已百之，人十能之，已千之。果能此道矣。虽愚必明，虽柔必强。"实为学最有益之言也。（《庭训格言》）

读书有不解处，标出以问知者，慎勿轻自改窜"银""根"之误，遗笑千古。（申涵光《荆园小语》）

学者欲决不堕落，惟在能信，欲道理八面玲珑，惟在能疑。善思则疑，躬行则信。信则人品真实，疑则心事精微。（《庸行编》卷二）

读书要疑，大疑大悟，小疑小悟，不疑不悟。（同上）

少年学问当如上帐，当如销帐。（同上）

从以上所引几件看来，古人为学底方法，可以找出几点，第一是宇宙里底一切都应看为学者分内所当知底对象，而知底方法是绵密地观察和诵读，不慌不忙，日积月累，终有成功底一天。第二不怕困难，不可中间停滞，"一日曝之，十日寒之"，不是个办法，第三，不要自以为不能，先得有"人一能之,己百之,人十能之,己千之"底心,进而达到博学,审问,慎思,明辨,笃行底程序。第四,为学当利用疑与信两种心情。不疑便不能了悟,因为学者心目中没有问题,当然学业不会给他多少刺激,既悟以后,便当对于所知有信仰。没有信仰,所行便与所知背道而驰,结果会弄到像"屠儿礼佛","倡家谈礼"一般。第五,少年时代求学在多知,像上账一样,老年却在去知,把所知底应用出来,一件一件地做,像销账一样。看来古人是注重在修养与力行方面,知而不行,便是学还没得到方法底表征。

现在我们应读底书多过古人几千倍,在道理上讲,读书底目的仍没多少更变。不过方法学发达了,我们现在用不着死记底工夫。知识底朋友多了,我们有问题可以彼此提出来,互相讨究。这比古人读书底困难实在天壤之隔。若讲到现代读书底方法,当然也可以依着前头三种目的去采取。为修养和为知识而记下底笔记定然是不同底。在所学还没有得系统底时候,应当用纸片将书中所要用底文句钞下来,放在一定的地方,自己分出类部来。纸片记法是现在最流行底一种方法,从前我们底旧书塾也有类乎这样办法,便是用纸签一条一条钞起来,依着部类钉在一起这便是"条"字底原来意思。假如在纸片里发现出可疑底地方，应当另外提出来，备日后的探究。注解书籍底工夫不必人人去做，但若要训练自己读书底严勤习惯，也不妨在这事上做一些工夫。注解当然要包括校勘，那么没有目录学底书籍也不成。凡读书当选最靠得住底本子去读，如果读诵底过程中发现什么新解，先不要自满，看看前人已经见到没有，有人说过什么话没有，自己底推论有没有力量。只是学不能叫做读书，非要思索过不可。读书不消化毛病就在学而不思上头。现在且把读书方法底程序简略写几句，第一步当检阅目录，如果有书评，靠得住的，也当读一下。近代的书贾多为赚钱，宣扬文化不是他们底目的，有时看见底书名很好，内容却是乱七八糟。以致读者对于书底选择成为很重要的问题。如果依着靠得住底评书家底指导，浪费时间金钱和精力底事也就可以避免了。得到要念底书以后，第二步底工作便记录书中底大意，用笔记法或签条法，纸片法都成。这可以依着读者底习惯和需要去做。从前底学者很爱剪书，把所要底材料都剪下来贴在一起。这是很费事和糟塌书底办法。为要简便只把所要章节在书上底卷数篇数记录起来就够了。第三步，便到应用底程序上。将所得底整理好，排列出次序来，到一需用起来，便左右逢源了，这是读书底最有效的方法。

三、读书人对于书底道德

从前的人对于书籍很爱惜，若非不得已决不肯在本子上涂红画绿。书籍越干净，读底人越觉有精神。在图书馆里，每见读者把公共的书籍任意涂画，圈点批注，无所不至。甚至于当公书为私产，好像"风雅贼"底徽号是于为学无损似的。不想读者底用功处便在以行为来表显知识，行为不正，若不是邪知，便是不知底原故。许多公共图书馆都发现过馆里底书籍常有被挖，撕，藏，偷底四件事。道德程度高的读者当然没有这样事。而那毁书偷书底人们，所做底乃是损人不利己。因为知识说到底还是公共的。自己如把全部书底一部分偷走，别人固然不能读，自己所得也是不完全的。还有借书不还也是读书人一件大毛病。所以有许多人不愿意把书轻易借给人。倘若能够把这些恶习都改正，我想我们在读书上便会增加了不少的方便。读书底道德问题虽然无关于知识，但会间接地影响到学业上，便是有养成取巧底习惯。积久便会堕落到不学底地步，所以读书人应当在这点加意。

老鸦咀

无论什么艺术作品,选材最难,许多人不明白写文章与绘画一样,擅于描写禽虫底不一定能画山水,擅于描写人物底不一定能写花卉,即如同在山水画底范围内,设色,取景,布局,要各有各底心胸才能显出各底长处,文章也是如此。有许多事情,在甲以为是描写底好材料,在乙便以为不足道,在甲以为能写得非常动情,在乙写来,只是淡淡无奇,这是作者性格所使然,是一个作家首应理会底。

穷苦的生活用颜色来描比用文字来写更难,近人许多兴到农村去画甚么饥荒,兵灾,看来总觉得他们底艺术手段不够,不能引起观者底同感,有些只顾在色底渲染,有些只顾在画面堆上种种触目惊心的形状,不是失于不美,便是失于过美。过美的，使人觉得那不过是一幅画，不美的便不能引起人底快感，哪能成为艺术作品呢？所以"流民图"一类底作品只是宣传画底一种，不能算为纯正艺术作品。

近日上海几位以洋画名家而自诩为擅汉画的大画师，教授，每好作什么英雄独立图，醒狮图，骏马图。"雄鸡一声天下白"之类，借重名流如蔡先生褚先生等，替他们吹嘘，展览会从亚洲开到欧洲，到处招摇，直失画家风格。我在展览会见过底马腿，都很像古时芝拉夫①底鸡脚，都像鹤膝，光与体底描画每多错误，不晓得一般高明的鉴赏家何以单单称赏那些，他们画马，画鹰，画公鸡给军人看，借此鼓励鼓励他们，倒也算是画家为国服务底一法，如果说"沙龙"底人都赞为得未曾有底东方画，那就失礼了。

当众挥毫不是很高尚的事，这是走江湖人底伎俩。要人信他底艺术高超，所以得在人前表演一下。打拳卖膏药底在人众围观底时节，所演底从第一代祖师以来都是那一套。我赴过许多"当众挥毫会"，深知某师必画鸟，某师必画鱼，某师必画鸦，样式不过三四，尺寸也不过五六，因为画熟了，几撇几点，一题，便成杰作，那样，要好画，

---

① 芝拉夫，长颈鹿，英文giraffe的音译。

真如煮沙欲其成饭了，古人雅集，兴到偶尔，就现成纸帛一两挥，本不为传，不为博人称赏，故只字点墨，都堪宝贵，今人当众大批制画，伧气满纸，其术或佳，其艺则渺。

画面题识，能免则免，因为字与画无论如何是两样东西，借几句文词来烘托画意，便见作者对于自己艺术未能信赖，要告诉人他画底都是什么，有些自大自满底画家还在纸上题些不相干的话，更是傻头。古代杰作，都无题识，甚至作者底名字都没有。有底也在画面上不相干的地方，如树边石罅，枝下等处淡淡地写个名字，记个年月而已。今人用大字题名题诗词，记跋，用大图章，甚至题占画面十分之七八，我要问观者是来读书还是读画？有题记瘾底画家，不妨将纸分为两部分，一部作画，一部题字，界限分明，才可以保持画面底完整。

近人写文喜用"三部曲"为题，这也是洋八股。为什么一定要"三部"？作者或者也莫名其妙，像"憧憬"是什么意思，我问过许多作者，除了懂日本文底以外，多数不懂，只因人家用开，顺其大意，他们也跟着用起来，用"三部曲"为题底恐怕也是如此。

怡情文学与养性文学

——序太华烈士编译《硬汉》小说集[1]

文学底种类，依愚见，以为大体上可分为两种：一是怡情文学；二是养性文学。怡情文学是静止的，是在太平时代或在纷乱时代底超现实作品，文章底内容基于想象，美化了男女相悦或英雄事迹，乃至作者自己混进自然，忘掉他底形骸，只求自己欣赏，他人理解与否，在所不问。这样底作品多少含有唯我独尊底气概，作者可以当他底作品为没弦琴，为无孔笛。养性文学就不然，它是活动的，是对于人间种种的不平所发出底轰天雷，作者着实地把人

---

[1] 此文收入《杂感集》时改题《〈硬汉〉序》。

性在受窘压底状态底下怎样挣扎底情形写出来，为底是教读者能把更坚定的性格培养出来。在这电气与煤油时代，人间生活已不像往古那么优游，人们不但要忙着寻求生活的资料，并且要时刻预防着生命被人有意和无意地掠夺。信义公理所维持底理想人生已陷入危险的境地，人们除掉回到穴居生活，再把坚甲披起，把锐牙露出以外，好像没有别的方法。处在这种时势底下，人们底精神的资粮当然不能再是行云流水，没弦琴，无孔笛。这些都教现代的机器与炮弹轰毁了。我们现时实在不是读怡情文学底时候，我们只能读那从这样时代产生出来底养性文学。养性文学底种类也可以分出好几样，其中一样是带汗臭底，一样是带弹腥底。因为这类作品都是切实地描写群众，表现得很朴实，容易了解，所以也可以叫做群众文学。

前人为文以为当如弹没弦琴，要求弦外底妙音，当如吹无孔笛，来赏心中底奥义。这只能被少数人赏识，似乎不是群众养性底资粮。像太华烈士所集译底军事小说《硬汉》等篇，实是唤醒国民求生底法螺。作者从实际经验写来，非是徒托空言来向拥书城底缙绅先生献媚，或守宝库底富豪员外乞怜，乃是指导群众一条为生而奋斗而牺牲底道路。所以这种弹腥文学是爱国爱群底人们底资粮，不是富翁贵人底消遣品。富翁贵人说来也不会欣赏像《硬汉》

这一类底作品，因为现代的国家好像与他们无关。没有国家，他们仍可以避到世外桃源去弹没弦琴和吹无孔笛。但是一般的群众呢？国家若是没有了，他们便要立刻变成牛马，供人驱策。所以他们没有工夫去欣赏怡情文学，他们须要培养他们底真性，使他们具有坚如金刚底民族性，虽在任何情境底下，也不致有何等变动。但是群众文学家底任务，不是要将群众底卤莽言动激励起来，乃是指示他们人类高尚的言动应当怎样，虽然卤莽不文，也能表出天赋的性情。无论是农夫，或是工人，或是兵士，都可以读像《硬汉》这样底文艺。他们若是当篇中所记底便是他们同伴或他们自己底事情，那就是译者底功德了。

一九三八年十二月香港

论"反新式风花雪月"

"新式风花雪月"是我最近听见底新名词。依杨刚先生底见解是说：在"我"字统率下所写底抒情散文，充满了怀乡病底叹息和悲哀，文章底内容不外是故乡底种种，与爸爸，妈妈，爱人，姐姐等。最后是把情绪寄在行云流水和清风明月上头。杨先生要反对这类新型的作品，以为这些都是太空洞，太不着边际，充其量只是风花雪月式的自我娱乐，所以统名之为"新式风花雪月"。这名辞如何讲法可由杨先生自己去说，此地不妨拿文艺里底怀乡，个人抒情，堆砌词藻，无病呻吟等，来讨论一下。

我先要承认我不是文学家，也不是批评家，只把自己率直的见解来说几句外行话，说得不对，还求大家指教。

我以为文艺是讲情感而不是讲办法底。讲办法底是科学，是技术。所以整匹文艺底锦只是从一丝一丝底叹息，怀念，呐喊，愤恨，讥讽等等，组织出来。经验不丰的作者要告诉人他自己的感情与见解，当然要从自己讲起，从故乡出发。故乡也不是一个人底故乡，假如作者真正爱它，他必会不由自主地把它描写出来。作者如能激动读者，使他们想方法怎样去保存那对于故乡底爱，那就算尽了他底任务。杨先生怕底是作者害了乡思病，这固然是应有底远虑。但我要请他放心，因为乡思病也和相思病一样地不容易发作。一说起爱情就害起相思病底男女，那一定是疯人院里底住客。同样地，一说起故乡，什么都是好的，什么都是可恋可爱的，恐怕世间也少有这样的人。他也会不喜欢那只扒满蝇蚋底癫狗，或是隔邻二婶子爱说人闲话底那张嘴，或是住在别处底地主派来收利息底管家罢。在故乡里，他所喜欢底人物有时也会述说尽底。到了说尽底时候，如果他还要从事于文艺底时候，就不能不去找新的描写对象，他也许会永远不再提起"故乡"，不再提起妈妈姊姊了。不会作文章和没有人生经验底人，他们底世界自然只是自己家里底一厅一室那么狭窄，能够描写故乡底柳丝蝉儿和飞灾横祸底，他们底眼光已是看见了一个稍微大一点的世界了。看来，问题还是在怎样了解故乡底柳丝，蝉儿等等，不一定是值得费工夫去描写，爸爸，妈妈，爱人，姊姊底遭遇也不一定是比别人底遭遇更可叹息，更可悲伤。无病的呻吟固然不对，有病的呻吟也是一样地不应当。永不呻吟底才是最有勇气底。但这不是指着那些麻木没有痛苦感觉底喘气傀儡，因为在他们底头脑里找不出一颗活动的细胞，他们也不会咬着牙龈为弥补境遇上的缺陷而戮力地向前工作。永不呻吟底当是极能忍耐最擅于视察事态底人。他们底笔尖所吐底绝不会和嚼饭来哺人一样恶心，乃如春蚕所吐底锦绣底原料。若是如此，那做成这种原料底柳丝，蝉儿，爸爸，妈妈等，就应当让作者消化在他们底笔尖上头。

其次，关于感情底真伪问题。我以为一个人对于某事有真经验，他对于那事当然会有真感情。未经过战场生活底人，你如要他写炮火是怎样厉害，死伤是何等痛苦，他凭着想象来写，虽然不能写得过真，也许会写得毕肖。这样描写虽没有真经验，却不能说完全没有真感情。所谓文艺本是用描写底手段来引人去理解他们所未经历过底事物，只要读者对作品起了共鸣作用，作者底感情底真伪是不必深究底。实在地说，在文艺上只能论感情底浓淡，不能论感情底真伪，因为伪感情根本就够不上写文艺。感情发表得不得当也可以说虚伪，所以不必是对于风花雪月，就是对于灵、光、铁、血，也可以变做虚伪的呐喊。人对于人事底感情每不如对于自然底感情浓厚，因为后者是比较固定比较恒久的。当他说爱某人某事时，他未必是真爱，他未必敢用发誓来保证他能爱到底。可是他一说爱月亮，因为这爱是片面的，永远是片面的，对方永不会与他有何等空间上，时间上，人事上的冲突，因而他底感情也不容易变化或消失。无情的月对着有情的人，月也会变做有情的了。所忌底是他并不爱月亮，偏要说月亮是多么可爱，而没能把月亮底所以可爱底理由说出来，使读者可以在最低限度上佩服他。撒底谎不圆，就会令人起不快的感想，随着也觉得作者底感情是虚伪的。读书，工作，体验，思索，只可以培养作者的感情，却不一定使他写成充满真情底文章，这里头还有人格修养底条件。从前的文人每多"无行"。所以写出来底纵然是真，也不能动人。至于叙述某生和狐狸精底这样那样，善读文艺底人读过之后，忘却底云自然会把它遮盖了底。

其三，关于作风问题。作风是作者在文心上所走底路和他底表现方法。文艺底进行顺序是从神坛走到人间底饭桌上底。最原始的文艺是祭司巫祝们写给神看或念给神听；后来是君王所豢养底文士写来给英雄，统治者，或闲人欣赏；最后才是人写给人看。作风每跟着理想中各等级底读者转变方向。青年作家底作品所以会落在"风花雪月"底型范里底原故,我想是由于他们所用底表现工具——文字与章法——还是给有闲阶级所用底那一套,无怪他们要堆砌词藻,铺排些在常人饭碗里和饭桌上用不着底材料。他们所写底只希望给生活和经验与他们相同底人们看,而那些人所认识底也只是些中看不中用的词藻。"到民间去","上前线去",只要带一张嘴,一双手,就够了,现在还谈不到带文房四宝。所以要改变作风,须先把话说明白了,把话底内容与涵义使人了解才能够达到目的。会说明白话底人自然擅于认识现实,而具有开条新路让人走底可能力量。话说得不明白才会用到堆砌词藻底方法,使人在五里雾中看神仙,越模糊越秘密。这还是士大夫意识底遗留,是应当摒除底。

牛津的书虫

牛津实在是学者的学国，我在此地两年底生活尽用于波德林图书馆，印度学院，阿克关屋（社会人类学讲室），及曼斯斐尔学院中，竟不觉归期已近。

同学们每叫我做"书虫"，定蜀尝鄙夷地说我于每谈论中，不上三句话，便要引经据典，"真正死路"！刘锴说："你成日读书，睇读死你嚜呀！"书虫诚然是无用的东西，但读书读到死，是我所乐为。假使我底财力、事业能够容允我，我诚愿在牛津做一辈子底书虫。

我在幼时已决心为书虫生活。自破笔受业直到如今，二十五年间未尝变志。但是要做书虫，在现在的世界本不容易。须要具足五个条件才可以。五件者：第一要身体康健；第二要家道丰裕；第三要事业清闲；第四要志趣淡薄；第五要宿慧超越。我于此五件，一无所有！故我以十年之功只当他人一夕之业。于诸学问、途径还未看得清楚，何敢希望登堂入室？但我并不因我底资质与境遇而灰心，我还是抱着读得一日便得一日之益底心志。

　　为学有三条路向：一是深思，二是多闻，三是能干。第一途是做成思想家底路向；第二是学者；第三是事业家。这三种人同是为学，而其对于同一对象底理解则不一致。譬如有人在居庸关下偶然检起一块石头，一个思想家要想他怎样会在那里，怎样被人检起来，和他底存在底意义。若是一个地质学者，他对于那石头便从地质方面源源本本地说。若是一个历史学者，他便要探求那石与过去史实有无底关系。若是一个事业家，他只想着要怎样利用那石而已。三途之中，以多闻为本。我邦先贤教人以"博闻强记"，及教人"不学而好思，虽知不广"底话，真可谓能得为学底正谊。但在现在的世界，能专一途底很少。因为生活上等等的压迫，及种种知识上的需要，使人难为纯粹的思想家或事业家。假使苏格拉底生于今日的希拉，他难免也要写几篇关于近东问题底论文投到报馆里去卖几个钱。他也得懂得一点汽车、无线电的使用方法。也许他也会把钱财存在银行里。这并不是因为"人心不古"，乃是因为人事不古。近代人需要等等知识为生活底资助，大势所趋，必不能在短期间产生纯粹的或深邃的专家。故为学要先多能，然后专攻，庶几可以自存，可以有所供献。吾人生于今日，对于学问，专既难能，博又不易，所以应于上列三途中至少要兼二程。兼多闻与深思者为文学家。兼多闻与能干底为科学家。就是说一个人具有学者与思想家底才能，便是文学家；具有学者与专业家的功能底，便是科学家。文学家与科学家同要具学者底资格所不同者，一是偏于理解，一是偏于作用，一是修文，一是格物（自然我所用科学家与文学家底名字是广义的）。进一步说，舍多闻既不能有深思，亦不能生能干，所以多闻是为学根本。多闻多见为学者应有底事情，如人能够做到，才算得过着书虫的生活。当徬徨于学问底歧途时，若不能早自决断该向哪一条路走去，他底学业必致如荒漠的砂粒，既不能长育生灵，又不堪制作器用。即使他能下笔千言，必无一字可取。纵使他能临事多谋，必无一策能成。我邦学者，每不擅于过书虫生活，在歧途上既不能慎自抉择，复不虚心求教；过得去时，便充名士；过不去时，就变劣绅，所以我觉得留学而学普通知识，是一个民族最羞耻的事情。

　　我每觉得我们中间真正的书虫太少了。这是因为我们当学生底多半穷乏，急于谋生，不能具足上说五种求学条件所致。从前生活简单，旧式书院未变学堂底时代，还可以希望从领膏火费底生员中造成一二。至于今日底官费生或公费生，多半是虚掷时间和金钱底。这样的光景在留学界中更为显然。

牛津底书虫很多，各人都能利用他底机会去钻研，对于有学无财底人，各学院尽予津贴，未卒业者为"津贴生"，已卒业者为"特待校友"，特待校友中有一辈以读书为职业底。要有这样的待遇，然后可产出高等学者。在今日的中国要靠著作度日是绝对不可能的，因社会程度过低，还养不起著作家。……所以著作家底生活与地位在他国是了不得，在我国是不得了！著作家还养不起，何况能养在大学里以读书为生的书虫？这也许就是中国底"知识阶级"不打而自倒底原因。

……

名家散文

鲁迅：直面惨淡的人生

胡适：把自己铸造成器

许地山：爱我于离别之后

叶圣陶：藕与莼菜

茅盾：斗争的生活使你干练

郁达夫：夜行者的哀歌

徐志摩：我有的只是爱

庐隐：我追寻完整的生命

丰子恺：我情愿做老儿童

朱自清：热闹是它们的，我什么也没有

老舍：有朋友的地方就是好地方

冰心：繁星闪烁着

废名：想象的雨不湿人

沈从文：每一只船总要有个码头

梁实秋：烟火百味过生活

林徽因：你是人间的四月天

巴金：灯光是不会灭的

戴望舒：我的心神是在更远的地方

梁遇春：吻着人生的火

张中行：临渊而不羡鱼

萧红：我的血液里没有屈服

季羡林：微苦中实有甜美在

何其芳：紧握着每一个新鲜的早晨

孙犁：人生最好萍水相逢

琦君：粽子里的乡愁

苏青：我茫然剩留在寂寞大地上

林海音：唯有寂寞才自由

汪曾祺：如云如水，水流云在

陆文夫：吃也是一种艺术

宗璞：云在青天

余光中：前尘隔海，古屋不再

王蒙：生活万岁，青春万岁

张晓风：年年岁岁岁岁年年

冯骥才：生活就是创造每一天

肖复兴：聪明是一张漂亮的糖纸

梁晓声：过小百姓的生活

赵丽宏：闪烁在旷野里的微光

王旭烽：等花落下来

叶兆言：万事翻覆如浮云

鲍尔吉·原野：为世上的美准备足够的眼泪